U0018129

你那邊，幾點？

敷米漿柔情主演的紙上偶像劇

敷米漿 著

自序

一天週末，跟著朋友到了金山的海邊。
朋友告訴我，這趟的目的是爲了看夕陽。

我喜歡海，喜歡夕陽，所以進了觀海的餐廳，屁股還沒坐熱，
我就要求服務生替我換位置。

「我要到前面，可以正面看到海，看到夕陽的位置。」

桌上放著「已預約」的字，服務生卻沒有拒絕我。
他心裡大概想，這個戴著墨鏡說要看夕陽的人，眞的很怪。
大概吧。

於是我看著海，看著海邊來來往往的人們。
等著太陽落下的時候。
當然，耳邊不時傳來表演的樂團調音的聲音，小小破壞了我
想安靜等待的感覺。這麼說也許有點不禮貌，但是看夕陽，
似乎比較適合在自己心裡放音樂，而不是從耳朵聽見音樂。

我就這樣看著原本應該稱呼爲「太陽」的東西，慢慢成了「夕
陽」，我覺得很奇怪，於是開口問了朋友。

「爲什麼太陽會變成夕陽？」我問。
『沒有變啊，還是同樣一個東西。』朋友阿凱說。

「那為什麼不跟我說，今天我們來看太陽？」
『因為太陽快沉沒了，就想換個名字消失，比較浪漫吧。』

由於我是個喜歡胡扯的人，所以有個也喜歡胡扯的朋友，很合理。耳朵聽著他胡扯，不停跟我解釋夕陽的「夕」在閩南語聽起來，就像死掉的「死」，太陽掉下去就死掉了，所以叫做夕陽。

我把阿凱從躺椅上頭踹下去。

『你為何這麼矯健？』阿凱問我。『腳這麼賤？』
「因為我想看看你會不會變成夕凱。」

阿凱還是阿凱，沒有成了夕凱。
所以在我眼裡，太陽還是太陽，沒有成為夕陽。
是什麼名字，其實也不太重要。
我只是在享受太陽離開前，給我的最後一點溫暖而已。

我總是這樣。
永遠待在原地等著，然後安靜看著一切走開。
每個人都會走，只是我總喜歡當最後一個。

從二零零三年踏入寫作的路途開始，我也看了很多風景，見了很多人。他們來，然後走了，在我的眼裡我還是那個我，不會因為即將離開就改名叫做「夕米漿」，聽起來就像糙米漿的變生兄弟。即使有一天，我如同金山海邊的太陽一樣消失在地平面，我想我還會是敷米漿，永遠都是。

只希望在我跟著太陽離開地平線之前，我可以脫下我的墨鏡，
勇敢地看著陽光。
如同以前的我一樣。什麼都不怕。

這兩年的我，還是一樣靜靜地等。
等自己的眼睛舒服一點，等電腦開機。
等人們跟我說話，或者不跟我說話。
我都還在，只是沒有說話罷了。

有些人離開了，有些人還留著，甚至也會跟我說說話。
就這樣，其實也過了好些日子，我什麼都沒做，只專心養病
的日子。
其實我們都在等，你跟我都一樣。
都在等這一切什麼時候會消失，也許有那麼一天。

我很安心。
因為那一天到了，我還是敷米漿，即使太陽已經變成夕陽。
而我們，妳、你、還有你們。
我們回想到這些年來一起對話的種種，

都是甜蜜。

如果夏天是一鍋會燙人的平底鍋，
那麼雨季大概就需要一台脫光回憶的脫水機。

　　『生日快樂。』透過話筒，她說。

　　「謝謝妳，不過還有兩個小時。」我笑了。

　　『那我應該會是最早祝福你的人吧！』

　　「是的，一直都是。」

　　『時差真是奇妙的東西。』她說，『差了兩個小時，卻可以在同一個時間存在著。』

　　五月十二日，晚間有些悶熱。夏天應該早已經到了吧。話筒貼著臉頰好像還流了一些汗，我討厭這樣的感覺。

　　『生日有什麼願望呢？』她說。

　　「我啊？我希望……」我想了想，「我希望……」

　　『什麼？』

　　「妳可不可以告訴我，兩個小時後的未來，發生了什麼事？」

　　『還不是一樣，我又不是真的在未來。』她笑了。

　　我也只好跟著笑了。

　　未來。

　　掛了彥伶的電話之後，我突然好想回去。把左邊臉頰上的汗水擦乾之後，我望著電話發呆。

　　「妳可不可以告訴我，未來發生什麼事？」

　　我又想起這句話。曾經我也存在於別人的未來，而現在我卻希望另外一個在未來的人告訴我，究竟會發生什麼事。我好想回去，突然、突然好想回去。然後再聽一次妳親口問我，親口對我說。

『告訴我未來發生了什麼事？』
『未來的你，會不會一樣愛著我？』

　　這是妳說過的話。爲什麼呢？我眞的非常想知道。究竟是爲什麼。
麼。
　　爲什麼妳說過就忘的話，我卻永遠都記得？

□

1

選擇了一天的二輪早場電影,從早到晚不停歇,
直到電影院關門前的最後一刻。
打算用這種方式跟太陽道別。
那麼再見了。

　　五月十三日，下雨。我喜歡下雨。從好幾個月前就計畫好了，所以這一天我請假。差不多是在掛上彥伶的電話之後，我簡單梳洗了一番，接著躺在床上像被棉被宣判我可以參加下一屆殘障奧運的姿態。

　　難過著。

　　沒有人知道我在難過什麼，我的生日在剛剛書桌上面那個很假惺惺的仿冒古老掛鐘的十二聲小到笑死人的鐘聲之後，宣判了我又老了。媽媽呀，為什麼我小時候作文寫「我希望快點長大」的時候妳沒有送我一頓昇龍拳？至少在我年幼無知跟聖誕老公公許願的時候阻止我，搞不好就是我那時候的愚蠢心願被那個大鬍子老傢伙聽見了，所以我的時間總是過得特別快。你說，像這樣的我，是不是把自己打包捆一綑拿去資源回收比較好？搞不好那個收資源回收的騎腳踏車阿伯會語重心長地告訴我：「肖年仔，這個要放在廚餘喔！』

　　去你的，去你的全世界都喜歡過生日的人。去你的花好月圓花爸花媽橘子柚子。好啦，花爸花媽橘子柚子都是卡通人物。他們是無辜的。不小心，我就睡著了。

　　我夢到了那年我們大學，我跟油條還有饅頭三個人開著車，暑假美好的時光三個羅漢腳約定去挑戰劍湖山世界的G5，看誰可以坐五次下來還不把前一天吃的炒麵送給劍湖山的售票小姐。

　　好像是大學三年級吧，連那是一九九幾年還是兩千零幾年都說不出來。回憶就是這樣，你沒有時常拿出來像阿松講古一樣碎碎唸沒多久就會被記憶封箱了。

　　三個人，第一天去玩水，以為可以看到比基尼辣妹。結果那些辣妹身旁都有刺青的猛男，或者打著赤膊游泳玩水脖子上還要綁著BMW的車鑰匙的混蛋。第二天去挑戰G5，油條變成法國麵包，饅頭變成大亨堡。而我，從米漿變成奶茶。

誰想出這麼無聊的活動。

然後我想到了最後一天離開前，我們窩在斗六市區的二輪電影院。一個人六十塊就可以吹一整天的冷氣。第一部片忘了是什麼，好像地獄怪客還是天堂怪咖。第二部片是活人生吃，我看到那隻狗跑去樓下的時候，鼻涕、眼淚都差點噴出來。

「不要欺負那個狗狗！」我大吼，然後就醒了。

我還在房間裡面，書桌上那個很假惺惺的古老掛鐘噹噹噹，響了三下。我拿起電話。

「油條。」我說。

『你手錶壞了喔？』電話的那頭他說。

「沒有吧？」我看了看，「還在跑啊！」

『那你還這個時候打電話來？』隨後就是一狗票的髒話。

「我剛剛做夢夢到我們一起去劍湖山。」我說。

『我的媽呀，說好不要提的……』

「我不是說遇到鬼的事情，我是說，我們還是大學生。」

『都叫你不要提了，』油條哀怨地，『大學怎樣啦？』

「如果你醒來發現回到大三，正要陪我去上禿頭的課，你會怎樣？」

電話那頭發出了很長很強大的，殺豬般的呵欠聲。

『我會打給饅頭，問他是不是也在唸大三。』

「然後咧？」

『蹺課去打撞球啊。』他說。

「還會做什麼？」

『你雞雞歪歪的，又思春了喔？』

「你才歪歪的，我都放得很正。」我低頭看了下褲襠。我才不是思春。英雄不思春，只是近黃昏。

『生日快樂喔。』油條對我說。

我愣住了兩、三秒，對著手機發呆感覺並不好。

「謝謝啊，你記得。」

『廢話，因爲明天就是我生日。』

「還是謝謝你啦。」

『不要思春了，這樣雞雞會長不大。』

「我才沒有。」

『她又打給你了，對不對？』

「哪個她？」我說。

我發誓我用最大力量假裝一點悸動都沒有。什麼感覺都沒有，沒人拿榔頭敲我的心臟。

「哪個她？」我重複一次。

『你不要問兩次，問兩次我就知道你裝傻。』

「爲什麼？」我故意這麼問。

『你一次你問自己，第二次你想問誰？』

「你說話很深奧。」我說。

『已經很久了，拜託你，該把一些東西丟掉了。』

「噢。」

『快去睡啦，我明天還要上班。』

「噢。」

那個很假惺惺的掛鐘在我掛了電話之後響了一下。凌晨三點半。我突然想起這個鐘是黃若琳送給我的，當兵回來之後搬到這裡，無意間從箱子裡面發現了它，於是把它掛起來。距離前一次收到禮物的時候，我也是這個樣子。把它收好，時間到了再拿出來。

油條你說錯了。這麼多年來，我已經學會不要丟掉了。不要丟掉了，真的，然後想像有一天它也會噹噹噹地響起來。

然後我出發。

□

出發了，我穿的像只是要去樓下拿報紙那樣輕鬆。正確來說應該是「輕快」，很輕便，動作也可以很快。我要去斗六，那個我跟油條還有饅頭都說好「莫再提」的地方。

油條是個警察，不過他每次都很驕傲地跟我解釋他的職位，什麼維安特勤小組什麼碗糕的，我總是有聽沒有懂。總之是個很了不起的警察，聽說之前圍捕某個綽號叫做「猛龍」還是「強龍」的通緝要犯的的時候，他是最前線的一員。

「你有沒有包尿布？」我聽到的時候問他。

『有穿防彈衣啦，尿布。』

他告訴我，趴在地上等著攻堅，把防彈衣脫下來，架在自己前面，趁著行動還沒開始的時候，撥了通電話給自己的女朋友。

「打給她幹嘛？交代遺言嗎？」我好奇，但沒有惡意。

『你這個臭嘴狗，胡說八道什麼。』

「我是關心你。」

油條說，其實也沒說些什麼，就很尋常地問候寒暄，要她早點睡。不知道為什麼，在那個關頭什麼都說不出來。

「你當時想些什麼？」

『沒想什麼。』

還記得油條說這話的時候，眼神放空。我好像抓到了什麼東西，那東西卻像空氣。不明不白。

我跟油條還有饅頭是高中同學，油條的女朋友是我們高中學妹。饅頭不是警察，跟我一樣是個慘淡的大學生，差別只是我延畢了一年還是沒考上研究所，饅頭那個傢伙卻隨便就上了一間不錯的學校。

油條名字是陳俊宏，饅頭叫做江宏翔。如果有一天我老了，而

我是個偉人必須寫回憶錄的的話，我一定會把這兩個人好好記上一筆。「陳俊宏與江宏翔誤我一生。」或者，「受害者陳Ｘ宏與江宏Ｘ卒於西元……年。」之類的吧。

　　每回跟他們出去，總是在我身邊品頭論足一些有的沒有的。例如：

　　油條：『你看那個女的，胸部大到讓我想念媽媽。』

　　饅頭：『嘿嘿嘿……安全氣囊……』

　　油條：『我沒看過有人的腿比那個妞正了啦！』

　　饅頭：『你看那個穿短裙的，我猜裡面是黑色。』

　　而我是正人君子。所以我都猜純潔無暇的，白色。

　　原本以為上了大學可以擺脫這兩個混蛋，沒想到我年紀尚小，不懂「陰魂不散」這四個字的真諦。當警察在受訓的，沒事還是會打電話來說要跟我去把妹。大學生那個，好死不死竟然跟我同一個學校。

　　最後連我大學最要好的朋友，小右，都變成他們的好朋友。

　　同流合污啊！

　　我們幾個貌似忠良的畜生，最先開始使用四個輪子的工具代步的，就是小右，於是在讀大學的那幾年，很多時候我都在小右的車上度過。而我的開車技術，大概也是師承小右的，所以……

　　「烏龜喔，不會開車回家叫爸爸教你啦！」

　　「混帳，台灣駕照是只要會踩油門就拿得到喔！」諸如此類。

　　還好現在高速公路上車不多。而我開高速公路也不習慣開窗轟隆隆地，所以罵也沒人聽到。索性就別罵了。

　　好快，這個世界的時間真的有問題，不是說好了美好的時光總是短暫，那又為什麼美好的時光卻會停留在腦子裡面那麼久？我很生氣，於是用力按了喇叭一下。這很沒水準，不過我的喇叭早就不知道壞了多久，不管發狂多麼用力給它按下去，只會聽見「嗚」的

聲音。

　　我前面有一台豐田轎車似乎被我的喇叭聲嗆到，快速變換了車道。那車轉換車道後搖屁股的樣子真像極了在嘲笑我的喇叭聲。

　　「對不起。」

　　我對著那台車說，我知道它聽不見。但我任性地想說，就是要說。現在不說，我怕很快就要過期了。現在沒有過期，不知道幾個小時以後就會過期呢？一個人，幾乎沒車的高速公路。找不到人告訴我。

　　我開始慢慢發現自己軟弱的地方在哪裡了。從接到彥伶的電話之後，有些灰塵好像被撢起來了，刺鼻。彥伶是我大學同學，一個很溫柔的女孩子。

　　她的溫柔覆蓋了我青春歲月的某個部分，也許我的狂傲也覆蓋了她的某些部分也說不定。我從沒問過她，這個問題的解答也就被我擅自擱在她那裡。只是過了這麼多年了。這麼多年下來，我也不知道自己得到了什麼、又失去了什麼。

　　就像現在一樣，在空蕩蕩的高速公路開著車，莽莽撞撞的，好像台灣沒有交通規則一樣。對我來說，那段日子就像沒有法律一樣。即使有法律，大概也沒有辦法約束我吧！跟現在一樣，應該說，與我一直以來沒有不同。

　　我知道我去斗六幹嘛，說來好笑，我只是要去那個老舊的二輪電影院看看最近放了什麼鬼片子。二輪電影院那裡都有，台北更不會少。而如此千里迢迢下去一趟，只是為了證明自己的靈魂還在，如此而已。

　　饅頭跟我說過。

　　『老闆，沒有靈魂的人，就像沒有小鳥的男人一樣。』

　　『看到美女只能想一想，連行動都沒辦法。』

　　死饅頭，說話真有夠低俗下流的。

　　他跟我說這話的時候恰巧是他跟女朋友分手的時候，卻一點沒見到他有什麼不開心。我很疑惑，打從心底認為饅頭是個薄情的男人，這種人也許不是什麼好東西，我怎麼會跟他這麼好？

　　『你錯了，不是不難過。』

　　「也沒必要這麼開心對吧？」我說。

　　『當兩個人必須分開的時候，你留不住她，至少可以把一個東西留住。』

　　「什麼？」

　　『把你放在她那邊那顆心拿回來。』

　　「你拿回來了？」

　　『還沒。』他說。

　　「那你在炫耀什麼。」簡直神經病。

　　『至少我知道我會拿回來。你呢？』

　　馬的。我不知道自己會不會把什麼狗屁心臟還是靈魂拿回來。我連它放在什麼地方，都不知道呢。

　　胡思亂想一堆狗屁東西，感覺有點悶。就像好久沒有清理的儲藏室，突然間迷路跑了進去，找不到開門的鑰匙，所以撢起了一片灰塵。不知道這片灰塵跟剛才彥伶留給我的灰塵，那個比較嗆？

　　都是饅頭害的，死江宏翔。要不是他現在正在報效國家，每天都在國軍On Line，我一定把他的小雞雞轉四圈灑王水然後甩到太平洋。

　　天快要亮了，路燈這個時候不知道會不會很不耐煩一直看手錶，急著想要打卡下班。我不知道，因為這樣的我，看著有一搭沒一搭的路燈，在即將天亮的時候莫名其妙亂想一氣。

　　我在天亮的時候接路燈的班。如果可以，如果。我希望路燈可以熄掉我所有的等待。

□

　　把自己放逐到距離台北好幾百公里以外的地方，在這裡等我的不知道是火車站前面賣麵線羹的阿婆，還是剛要下班的酒店美麗小姐。

　　路燈熄了，沒有熄掉我所有的等待。我知道我還在等，但是這樣的等待不知道是對自己殘忍，還是對自己謙卑。我總覺得這個計畫天衣無縫，直到我下了斗南交流道我才後悔了。

　　沒有那麼早開的二輪電影院。跟那個時候不一樣，為什麼現在開車過來，會這麼快就抵達呢？我停在加油站，順便上了個廁所。

　　打開水龍頭看著水從我指頭間流過，突然好想在這裡大哭一場。只有在這種時候，一個人，陌生的地方，我才覺得感情可以輕易地宣洩出來。沒有人認識我，沒有人知道我。

　　只是，沒有改變的，是我還在等。

　　六點三十五分，找了間靠近大學的早餐店坐了下來。

　　『吃點什麼？』

　　「兩個荷包蛋不要熟，一杯米漿。」我說，「冰的。」

　　『熬夜看書喔？』老闆娘親切地問我，以為我是大學生。

　　「是啊，嘿嘿。」我說，「快考試了。」

　　我說謊了。把自己當成大學生，就好像可以隨便回到過去一樣。如果這麼簡單多好。

　　有點熱，我拿著老闆娘送上來的冰米漿，咕嚕咕嚕就喝了起來。這個夏天真像是會燙人的平底鍋，不小心人都要被烤焦了。

　　還在念大學的時候，一大早像這樣出來吃早餐是很尋常的。偶爾油條放假還會跟我們一起瘋，整夜不睡胡說八道，不然就是扛了整箱啤酒在寢室裡面搬了起來，等到搬得要穿不穿的時候，差不多也天亮了。

　　所謂搬穿了，就是喝醉了的意思，也不知道爲什麼會用這個說法。反正有什麼奇怪的用語，統統都是油條或者饅頭想的。如果沒有記錯的話，就因爲我們喜歡這樣徹夜不睡一大早吃早餐，所以喜歡點油條的陳俊宏就叫做油條，而喜歡吃饅頭夾蛋的江宏翔就叫做饅頭。而我，喜歡喝米漿。

　　米漿眞的是最棒的東西了。

　　小右比較不合群，但是也不怪他，因爲他早餐喜歡吃雞排堡。

　　『先說好，不准叫我雞排。』他說。

　　「爲什麼啊，雞排？」

　　『再叫我就翻臉。』

　　雞排很好聽啊，也不知道爲什麼他這麼堅持。

　　『早上要考試喔？』老闆娘神出鬼沒在我背後問我。

　　「啊，對啊，差不多。」我驚嚇過度胡言亂語。

　　『加油，很認眞喔。』

　　「謝謝妳。」

　　認眞個屁。整個大學時代我都不知道在幹嘛，認眞這兩個字只有在期中考或者期末考前會想起來，好像字典裡面這兩個字有自我隱藏功能一樣。而多半認眞的狀態，不是跟人家借筆記，就是到處詢問有沒有同學把原文課本縮小影印，拿來服務大家。

　　我跟彥伶就是在這種狀態下熟悉的。因爲座號的關係，我跟她通常都被分在同一組。如果我沒記錯，大一的期末考，我眞的焦頭爛額。期中考某科目我只考了三十分，這次如果沒有拿到高分的話，我肯定就必須重修了。我可不想暑假還千里迢迢跑到學校一個人暑修，或者來年跟著學弟、妹一起上課。

　　也許我的慌張就寫在臉上，下課的時候我的桌上多了一本筆記。我這輩子沒看過有人的字跡這麼漂亮，就這樣放在我的桌上，那瞬間我感動地快哭了。我發誓，那眞的是我這輩子看過，最漂

亮、最漂亮的字了。大概只有天使才有辦法寫得這麼美。

「妳的筆記？」我問。

『是啊。』

「要借給我嗎？」

『是的。』

「那妳怎麼辦呢？妳不需要看嗎？」

『我已經看好了。』

「真的很謝謝妳。」我說，「妳的字真好看。」

『謝謝。』

我把握時間將筆記從頭到尾看了無數次，沈彥伶的筆記又清楚、又確實。如果每次考試這樣的筆記都會從天上掉下來給我的話，我看我也不需要上課了，有這個「滿分筆記本」比什麼都還好用。

結果，我的印象超級深刻。

老師出了洋洋灑灑兩大張的考題，還好，我有筆記保佑我。正當我終於寫完一面，翻到第二面，看見了十幾個申論題，我簡直快瘋掉。寫到第三還是第四題的時候，教室裡面的同學走了一半。那時候的心情就像孔明借東風，卻不小心借到的不是滿船的箭，而是滿坑滿谷的吸管。我看孔明大概會哭死。

『不然是要我拿吸管打曹操嗎？』孔明說。

差不多就在那個時候，我看見了考題最上方寫了一行小小的字。

『同學只需寫完申論第六題即可交卷。一題一百分。』

如果這時候我有阿拉丁神燈，我一定會許三個願望。

一，我等一下去上廁所的時候，老師剛好從天花板優雅地掉下來。而我手裡，剛好拿著榔頭，或者鋁棒。

二，同上。

三，同上。

那是個不美好的回憶，所以後來我說了些什麼我都把它忘記了。這種東西放在身體裡面，不只傷身，還會傷心、傷感情。考試考不好就當練身體，多練幾次就會刀槍不入了。我這樣安慰自己。

想著想著，我忍不住笑了出來，荷包蛋剛好也吃完了，我點了根菸在位置上抽了起來。桌上的米漿還有一半，不知怎麼地，我有點捨不得喝完。好久沒有喝了，因為已經好久沒有吃早餐了。

我唯一可以確定的，除了這杯冰米漿之外，就是大學四年，不包括我延畢的大五，我都是在彥伶的筆記本裡逃過一次又一次的考試。

所以我說，我是在她的溫柔覆蓋之下，度過了我某些歲月。現在想起來，好像還可以看見彥伶瞇著眼看我，那個溫柔的模樣。我想，從我昨夜接到她的電話之後，我的腦子無論怎麼運轉，就是擺脫不掉這一堆不知該往哪裡扔的過去。

彥伶啊，妳撢起來的灰塵，有點潮濕。我看著看著，眼睛也有點潮濕呢。我想，是雨季要到了吧？

如果沈彥伶是雨季中，讓我脫光回憶的脫水機。那麼黃若琳肯定就是那個會燙人的平底鍋了。對我來說。

因為如此燙手，所以烙印的痕跡，總特別明顯。

□

螞蟻爬到我的手臂上。

這樣的早餐店有幾隻螞蟻就像東區一定要有穿短裙的辣妹一樣合理。於是我也沒多想，只是那種癢癢的感覺讓我有點不舒服。我忍了幾秒鐘、四處看了看，除了對我笑的老闆娘之外，沒有保護動物協會的人在附近，於是我拿起手裡幾乎燃燒到底的菸，慢慢靠近那小螞蟻，想拿燒紅的菸頭燙它。

它痛不痛我不知道，在菸頭還沒靠近的時候，它就跑的比高鐵還快，馬上離開我的手臂。也因為如此，菸頭直接接觸了我的皮膚。

烙下了痕跡。

小右告訴我，他當兵前一定會自己理光頭，然後拿菸在頭上燙戒疤。他說這樣班長看到他一定會發抖，然後他就會在連上變成最緊繃的一個，連營長來都可以不甩他。

小右沒有燙上戒疤。因為他不用當兵，體重過輕。我偶爾都會想到這件事，就像現在一樣。

還記得我當兵前，油條、饅頭、小右跟我四個人，跑到熟悉的的那間羊肉炒麵，每個人唏哩呼嚕嗑了一碗，然後饅頭從口袋裡拿出手動推刀，就是那種可以直接嚕過去，然後頭上的重慶森林會變成重慶北路二段一樣光滑的推刀。

就在饅頭的宿舍裡，一人一刀，把我的頭髮解決掉。

『老闆，幫你省了一百塊。』饅頭說。

「我寧可進去之後在給阿姨剃頭。」我抱怨。

『一年多很快就過去了。』小右說。

「你是當過喔，這麼清楚。」

『我國小的時候當過童子軍。』

我操。

最後小右一直肖想要在我的頭上燙上戒疤，在我忍辱負重堅決抵抗下，他的詭計才沒有得逞，我的光滑頭皮也才守住貞操。沒想到，這一天我竟然在自己的手上燙了戒疤。就當作是送給自己的生日禮物吧。

老闆，堅強報國啊。饅頭說。奸詐的奸

小子，毋忘在莒啊。油條說。他說完，我「汪」了一聲。

帥哥，忍辱負重啊。白痴，你看過人的奶子可以揹步槍的嗎？

還人乳負重咧。

　　那天晚上，我睡著之前好像還偷偷地往天空抓了一把。這可是我最後的自由空氣了。對比現在的自己，我也不知道究竟退伍之後的我，自由了多少。如果自由多了，那我又是被什麼綁著，拖著，一路到這裡來呢？我想，剛剛經過台中的時候，應該下去成功嶺看看的。

　　我嘆了一口氣。好久沒有嘆氣了我。離開早餐店，我開著車，冷氣又不冷，太陽漸漸大了起來，台灣就是這樣，過了大甲溪之後，好像就沒有夏天，連握著方向盤都覺得自己的手溼溼黏黏的，好像方向盤流了鼻涕在我的手上一樣。

　　好不容易等到十點多，電影院總算開門。那個開門的歐吉桑好像看到鬼一樣，差點拿手上的掃把往我身上揮。

　　「我要買票。」我說。

　　『喔！很久沒有人這麼早來了喔。』歐吉桑說，好像很得意。

　　「一張票可以看多久？」

　　『可以看三部片啦，今天放的片在外片海報上。』

　　「那我可以坐到幾點？」

　　『這個吼，』歐吉桑想了想，『反正沒有人啦，你高興就好。』

　　「開始了沒？」

　　『還沒啦，我還沒打掃啦！你先買票。』他說，『八十。』

　　哇賽，怎麼漲價了？這年頭什麼東西都要漲價，那怎麼我的破爛車不會一覺睡醒就漲價變成BMW？

　　我坐進電影院，當然是空無一人。歐吉桑為了我，提早放電影。這大概是這電影院有史以來第一次。他就在我旁邊掃地，也不管會不會影響我看電影的情緒。不過這麼想很多餘，畢竟如果我不出去，這電影大概七個小時之後，還會重播一次。

第一部片子是個看起來很沒營養的校園喜劇。差不多看到開始我就可以猜到故事結尾，甚至連對白都可以猜個七七八八。很簡單的，不信下次你試試看。

男女主角開始認識，或許就會從自我介紹開始。然後女主角會莫名討厭男主角，或者相反過來。然後經過一連串的衝擊、膽識、考驗、難關，兩人終於結成正果。

如果每次都這麼簡單，人生還拿來幹嘛？反正每個人就寫個簡單的劇本，演完之後那排密密麻麻的演員表、幕後工作人員、特別感謝也沒人要看。

尤其男主角自我介紹的時候，女主角那眼神發光，頭頂長花的樣子。我也是人生父母養的，從小到大雖然稱不上品學兼優，但總也人模人樣，行俠仗義，國小同學打球運動褲在屁股那邊破了個洞，我也曾經拿自己的食指替他的肛門擋風遮雨，怎麼這種好事我沒遇過？

大概在我大學的時候，對於剛上大學印象最深的就是天天都要自我介紹。媽的是只要學會自我介紹就可以考上大學了是吧？偏偏我又不是個口才伶俐的人，介紹完自己我看全世界就像打了個哈欠，打完哈欠馬上忘記，世界繼續運轉，美女繼續跟男朋友傳簡訊。

上了大二，剛好依照慣例必須搞個什麼迎新。新生還沒報到之前，小右就跟饅頭開始研究學弟、妹的名冊，一拿到手先把名字像男生的全部拿黑筆畫掉，開始猜測那個叫做『如煙』的是不是氣質美女，叫做『宛陵』的是不是辣妹。

印象中如煙學妹是個運動健將，三千公尺只要十二分三十秒。至於宛陵，是學弟，不是學妹，鬼才知道他母親為何替他取這麼優雅的名字。

拿著名單猜測是很不健康的，所以我跟小右在開學前的北區迎

新，用抽籤的方式決定自己帶哪個組別。至於爲什麼沒有江宏翔？

廢話，他是企管系的，來我們系上帶迎新是帶辛酸的嗎？

那天，如果我沒記錯，是雨要下不下的那種日子。我們在學校附近的咖啡廳舉行，原先預計大概也不會有太多人參加，沒想到當天幾乎所有人都到了。我的那一組，氣氛相當不熱絡，好像要他們開口說話，比打大老二拿到同花順還要困難一樣。

「學弟、學妹，你們都不說話嗎？」

看著小右那組氣氛熱得可以煮鐵板燒，我們這邊就像吃元祖雪餅，我感到有點不是滋味。

「你們要不要自我介紹一下呢？」我說。

『學長，你先自我介紹一下啊！』

說話的就是黃若琳。

「咳，那我就先自我介紹了。」哇咧，沒想到我又回到大一的那個惡夢裡面。

「我叫做戴邦雲，今年大二，十九歲，是你們的學長。」

『學長爲什麼會選這個系呢？』一個學妹說。

「因爲學長小時候不懂事，不是啦，因爲學長的興趣。」

『學長的嗜好是什麼呢？』一個學弟問。

「我喜歡打球，看書，看電影。」才有鬼。

我偷偷瞄了一眼，先發問的那個學妹，就是黃若琳。老實說，第一眼看見他，再看看小右那邊的慘烈狀況，我很慶幸這邊還有黃若琳在。她個頭小小的，皮膚很白，眼睛大大的，頭髮不長，看得出還有高中生的味道在。

『學長的名字好特別喔！』黃若琳說。

「還可以，過得去。」

『那學長覺得什麼社團比較好呢？』她又問。

等等，是我要大家自我介紹，怎麼變成我的開誠布公大會？可

惜我不斂財，否則這種場面下我會多了不少信徒。

「大家要不要先自我介紹呢？你們才是主角啊！」我堆出笑容。

『后！學長你剪斷我的話？』黃若琳生氣地。

剪斷？這麼有意思的形容我還第一次聽到。當然油條饅頭小右說的那些廢話不算。

「這個，關於社團……」我支吾著。

妳學長我要是知道有什麼社團好玩，我還會在這邊肖想跟學妹發展出超友誼的關係，至少也牽牽小手摟摟腰之類的。

「這個，學長參加過魔術社。」我說。

『真的嗎？好酷喔！』

學弟妹們開始在下面竊竊私語。

「是啊，可是只去了兩次。」

我怎麼好意思說，因為社費太貴，所以我就不參加了。而且當天我問了社長，能不能把王永慶的皮夾變到我的口袋？

『不可能。』他說。

「再見。」我走。

「也參加過吉他社。」對呀，那時候以為男生只要抱著吉他坐公車，女孩子就會用仰慕的眼神看著我，結果花錢買了把二手的吉他，才發現在公車上揹著吉他會被旁邊的人白眼，而且如果你沒有留搖滾樂團那種帥氣又有點骯髒的長髮，人家只會覺得你是個阿宅。

『吉他社？那學長很會彈吉他囉？』黃若琳說。

「吉他？嘿嘿。」我連吉他怎麼彈都不知道咧。「會一點點。」

『好棒喔，真羨慕。』

「是嗎？」慘了，謊話連篇。

　　『我也要參加吉他社。』她說。

　　這下子，我該不會也得跑去參加吉他社了？

　　「可是後來我也退出了。」我趕緊說。

　　『為什麼？』

　　「我參加了全校最神秘，最不為人知的社團。」我說。

　　什麼？什麼？什麼？這樣的聲音此起彼落。

　　「合作社。」我說。

　　在學弟、妹們不屑一顧的表情中，我慶幸自己把謊言圓回來。也因此鬆了一口氣。

　　『學長，你剪斷了我的想像了。』

　　「真抱歉。」哈。

　　那是第一次見到她。那時候我還不知道自己是怎麼樣活在她的眼裡。從我一大堆的謊言？我也不知道。還是她說來說去的「剪斷」？我也不清楚。我好懷念那個還帶著一點高中生清純稚氣的她。也懷念那個天不怕地不怕的自己。

　　好久、好久以後，我讀到了一句話。納粹宣傳家戈培爾（Paul Joseph Goebbels）說的：「謊話說一千次就能變成真理。」我讀到這句話了之後，我說了一千次。說了一千次「妳沒走」，「妳沒走」。

　　只是，妳還是走了。

□

2

我發覺其實我還是在路上。
只是到達終點以前多走了很多岔路，
也許是冤枉路，也許是不歸路。
我要求的只是，這段路上有一個人可以陪我。
這樣就好。

　　為了回憶這些不營養的東西，我沒啥注意眼前的電影在演什麼狗屁。不要緊了，幾個小時之後，又會重來一次。到時候再看就好了。會不會幾個小時之後，我又抱持同樣想法，然後再一次錯過？

　　沒這麼倒楣吧？

　　第一部校園愛情狗血芭樂無聊片就在我的胡思亂想中結束。電影院多了兩個人，在我前面三排座位處。電影院這麼大，比砂鍋大，為什麼要離我這麼近？偏偏還是一對天造地設的好男女，好啦，我心裡想的是狗男女，但老實說他們並沒有做錯什麼，只是我個人心理不平衡。

　　當年我跟饅頭還有油條來到這間電影院。人很多。現在看起來，搞不好鬼都比人多。想到這裡我打了一個冷顫，還是別亂說話的好。

　　我跟油條就是喜歡胡說八道，當年在斗六的飯店裡頭，就發生了不可思議的事情，你想想，到現在連這麼正氣，身為警察的油條都不希望我提到當年的斗六事件，多恐怖你就知道了。

　　基於秘密證人保護法的規定，我們就不公開該間飯店的名稱。老實說，我多希望把它的名字趕出我的記憶體外面。可惜，這種事情通常越想忘記越難以辦到。很多事情都是如此。

　　第二部電影開始之前，我偷偷觀察了前面那對小情侶。男生很細心地把飲料遞給女生。還知道把飲料的吸管拉好，很不錯。對我來說，我這輩子也沒有太多這種機會，畢竟有機會幫女生拉好吸管這種動作，只有帥哥才有機會。

　　高中的時候，班上一個帥哥跟我說。哇，你好厲害，百米只要跑十一秒多。我說，跑十一秒多，還不是追不到馬子。

　　另外一個帥哥跟我說，你這麼會畫畫，女孩子看到都高興死了。可惡！不管我情書裡面畫了多少可愛的圖，女孩子還不是連看都沒看就扔了。

電影開始之前，我看了時間，十一點二十分。還沒，還沒有，我鬆了一口氣。

尼可拉斯凱吉騎上重型摩托車，臉上著火還可以把到馬子。最厲害的是，竟然還有另外一個騎馬的，真酷。為什麼他不必戴安全帽呢？我心裡這樣想。

我還記得饅頭告訴我一件事。有機會載女生出去玩的時候，一定要記得幫女生戴上安全帽。尤其是下巴的釦環，幫她扣上去你就贏了一半了，老闆。

我聽信了江饅頭宏翔的讒言，我才知道古代的昏君是怎麼死的。大學剛開學第一次跟班上女同學出去吃飯，我就替她扣上釦環。

『啪！』

以上為巴掌聲。

我花了好大的力氣才跟其他女生解釋，我不是要吃那個女生的豆腐，更不是藉故靠近她的臉想偷吻她。那個巴掌印黏在我臉上許久，造成我幼小心靈的陰影。於是我上課開始打瞌睡，課堂的期中報告總是做得很鳥，打工的時候會端錯菜，看到蟑螂在我房間會掉眼淚。這一切的一切都是因為當年那個巴掌，於是再度驗證了我一開始說的那句話。

饅頭和油條誤我一生。

『說你想非禮那個女生，我才不信。』事發之後，小右這樣對我說。

『老實說，我也不太相信。』饅頭這麼說。

「別說了，雖然她不是絕頂漂亮，但是你們看看我……」

『這也難怪你會被懷疑了。』饅頭說。

『你的確一臉就是嫌犯的感覺。』小右補了一槍。

『中肯。』死饅頭。

你那邊，幾點？

　　我是要他們看看我的臉，到現在還有揮之不去的痛苦痕跡。對我來說，那個女孩沒有錯，是我的動作太詭異了。後來小右跟我說，這樣唐突地替女孩扣安全帽，就好像在女生穿著緊身上衣的時候，露出邪惡了表情，對著她說：

　　『姑娘的胸部可否借在下一看？』我笑倒了。

　　小右說，這是電影台詞啦。我才不信。這肯定是這小畜生的技倆之一。

　　突然「砰」的一聲，尼可拉斯凱吉飛了起來。有夠酷的啦。前面的女生好像嚇了一跳，男生的手就往女孩子的肩膀搭過去。

　　「放開那個女孩！」

　　我差點就叫出來了。也還好沒有，不然我怕會被毒打一頓。

　　我就說吧，當年那一巴掌對我造成多大的傷害。到現在我的腦袋都有點問題，說話沒辦法經過大腦太多地方，所以經常出現奇怪的言論。

　　『這跟那個巴掌沒有關係。』油條、饅頭、小右一定會這麼說。

　　跟這群人生活久了，再怎麼不正常的事情，轉眼也就可以釋懷了。其實老實說，我是個性情中人。只是，我的真性情在別人眼裡只是莫名其妙罷了。

　　前面那個男生的手還沒離開女生的肩膀。我看了看自己隔壁的座位，假裝旁邊有人，然後把手放到懸空的肩膀上。然後，打了一個冷顫。我又想起那間飯店發生的事。

　　由於螢幕上演著惡靈戰警，其實根本不惡靈，也不可怕。我忘了看哪本書上說過，真正恐怖的東西，說出來根本一點都不恐怖，而說出來很恐怖的，其實大半都是假的。

　　這樣的說法很像人生。

　　說起來很燦爛的，那個人一定很後悔那段燦爛的人生。但是說

起來平淡無奇的，也許才是大部分人所期盼的人生。結論就是，幹！誰沒事就想碰到鬼？

我人生第一次遇鬼就是當年在斗六。第二次則是當兵在成功嶺。不管誰跟我說一百次，這個世界上沒有鬼，我們要相信科學，我都會跟他說，屁啦，有種你自己遇到幾次，不信你還說得出口。

我還記得當兵的時候寫莒光作文簿，我寫過這麼一段話。在我遇到鬼的後幾天。

「當兵碰到鬼就跟被劈腿一樣，倒楣的時候就會堵到。」

我因為這句話得到了一天的榮譽假，輔導長拍拍我的肩膀，告訴我這個消息的時候，眼眶還帶著淚。

『寫得眞好。』輔仔跟我說。

「幹！輔仔，不要搭著我的肩膀哭啦，人家以為我們兩個怎麼了……」

輔仔是個很Nice的人，也不介意我這麼粗魯。其實我懂他的感覺，我也知道他那幾天情緒很不好。

『啊不就馬子跟人家跑了。』他跟我說。

「你眞豁達。」我說。

『白痴，我哭的時候你不會看到了啦。』他笑了。很酸。

「女人哪裡沒有，輔仔你這麼優秀，不必擔心啦。」

我說這句話的時候，自己心虛了。是的，女人哪裡沒有，我告訴你哪裡。

我這裡。

『邦雲，你知道我當兵學到最有收穫的是什麼？』

「狗幹別人？」我還在開玩笑。

『哈哈。』輔仔笑了，「我學會了跟無奈共處。」

我被這句話釘到了。

當兵什麼沒有，時間最多。正確的說，是不自由的時間最多。

這種狀態下碰到兵變，最可怕的不是事實眞相到底是什麼，而是光是這麼多胡思亂想的時間，就夠你受的。

退伍到現在好久，我還沒忘記那種不自由的感覺。但是無奈，我老早就嘗試過了。可惜無奈這種東西，不是你嘗試過了就有抗體。最可怕的是，當你嘗試過無奈，卻發現你什麼都沒辦法做到。那個時候就是掉眼淚的時候了。

電影快演完了，小情侶正在收拾東西，好像趕著上課一樣先離開。離開前透過螢幕的光，我看見那情侶回頭看了我一眼。我笑了笑，想必他們是看不到的。

就因爲如此，我才笑。

幸福的人啊，千萬要記住，好好珍惜眼前這個人，這個時刻。一定要記得，這一定會是你日後很美好、很美好的回憶。我也有過這樣的回憶，也因此我把自己擺到這個地方來，只爲了等待。還有不到一個小時，我還在等，在等。

我笑。因爲我知道，妳永遠不會看見。所以我笑。我嘲笑自己的無法回去，也笑著等待。快要到終點了。我知道。快要到終點了，再過沒多久。

妳知道，我這裡幾點嗎？

妳知道，我等了多久嗎？

活在過去的妳可不可以告訴我，過去發生了多少事？我只是想回味而已。好嗎？

□

三點整。沒有爆炸，也沒有倒數過後的興奮以及歡樂。這不是國慶日倒數或者好幾年前的千禧年火車站前煙火。只有我一個人。如果我沒有記錯，這個時候差不多是洛杉磯時間五月十三號凌晨零點零分。也就是洛杉磯的我，現在正好生日。

　　我的電話沒有爆炸，為了抵擋這樣的等待情緒，以及擔心錯失任何一通電話的焦慮，我沒有把電話轉成無聲或者振動。只是，即使如此電話還是沒有聲響，好像這一刻的我只適合這樣的一個人。等我突然發覺自己真的是孤伶伶地在遙遠斗六的二輪電影院裡，我才發現這時候想掉眼淚有點太晚了。

　　五月十三日。真的太晚了。

　　從小到大，我不曾為了自己的生日有過什麼感觸。那是一個小學時候媽媽會買好吃的冰淇淋芋泥蛋糕給我吃的日子。對於這天我只有這個想法，然後黃若琳告訴我，也改變了我。

　　「五月十三日。」我說。

　　這是我的生日，時空暫時拉回北區迎新，自我介紹過後。散會之前，黃若琳到我的面前，我好像還聽得見當時自己的心跳。這麼久之後回想起來，的確有點害臊。

　　那時候的我，只想著可以多看見她一秒鐘。一秒鐘就好，這種感覺真是奇妙。

　　『五月十三日？金牛座呢。』她說。

　　「是啊，哞。」

　　『哞什麼，你真無聊，剪斷了我的話題。』

　　「哈哈，對不起。」我說，糟糕，給她不好的印象了。

　　『學長，我突然想到一件事。』

　　嗯？

　　她說，五月十三日不是個好日子。

　　為什麼呢？我真好奇。是因為那天誕生了我這個大魔頭？

　　『學長，五月十三，不管怎麼看，都是質數。』

　　「質數？那是什麼？」

　　『就是沒有因數，沒辦法除得盡的數字。』

「喔，我想起來了，因數只有一跟本身，對吧？」

『嗯。而且五跟十三，也沒有公因數。』

「這會怎麼樣嗎？」

『很孤單。』

大約花了十年吧，我想。我花了十年才知道，黃若琳告訴我的孤單是什麼形狀。在一個人的二輪電影院，看著不會響的手機。放逐到異鄉的生日。兩個沒熟的荷包蛋，以及冰米漿。妳走了。

我知道，答案是妳走了。我說了千千萬萬遍，妳也沒有回來。妳究竟知不知道，我現在這裡幾點呢？好不容易，我終於記得了妳那裡的時間。妳呢？我想，妳是不記得了吧。對嗎？

電影院陸續進來了一些人，看起來像是這附近的學生。學生時代距離我很遠了，差不多就像台北距離洛杉磯，洛杉磯距離澳洲，澳洲距離台灣。

我等著、等著，發現自己不被等待，看著電影院人們的歡愉期待點綴我孤單的悲哀。只有在一個人的時候才會清楚明白，這個世界實在太幸福，讓我這種孤單的人更加無助。

也許這個時候我更該感謝沈彥伶在昨晚的那通電話。那短暫的通話讓我清楚自己不是一個人，無奈也不會像把剪刀一樣拼命滲入我的血液裡頭，不停燃燒啊燃燒的，火通通剪碎我的青春。

我想我是愚蠢的。也不知道為什麼愚蠢必須跑這麼遠，如同油條說的，我是一個喜歡把自己丟進孤單裡面的人。

我是嗎？

我不知道。這電影院播放的影片，果然從頭至尾我沒有好好看過。我以為過了幾個小時會重新放映，到時候我再仔細品嚐就可以了。誰知道，很多東西過了之後，大概就不會有心力重新再來。

　　你是這樣子，我也是，她也是。饅頭也是，油條也是，小右也是。

　　我在想，如果我一直用這種怨天尤人的姿態活在這個世界上，還要多久才會有人跟我說，嘿，小鬼，不要浪費氧氣了！

　　所以我的存在是一種浪費嗎？我不知道。我還沒有意識到我已經浪費了將近三十年的氧氣。而對我來說，真正有意義的浪費通常都沒有美好的結局。我想到很小的時候，聽過林志穎的歌，現在跟小朋友說林志穎，大概沒多少人知道這個帥小子以前是怎麼風靡全國到讓人想看他一次扁他一次。

　　那首歌叫做《不是每個戀曲都有美好回憶》。媽呀這麼冗長的歌名到底是怎麼紅的？如果把歌名稍微修剪一下，大概就不會讓我這麼想捏破自己的蛋蛋了。

　　又剪？

　　整天剪來剪去，我想我中毒了。黃若琳到底是為什麼這麼喜歡剪來剪去呢？我搞不清楚她說話的模式，當年我不清楚，現在我也不清楚。我只把她當作是台北女孩特有的說話方式。

　　『鄉下人不會懂啦。』小右說。

　　小右總是這樣告訴我，其實我知道，他才不懂，因為他也是鄉下人。我們來自鄉下，不懂這個繽紛城市花花綠綠的，究竟有什麼秘密。我以為小右也跟我一樣很傻，沒想到其實他更傻，傻翻了。

　　我第一次看見小右哭，電腦裡面剛好放到一首歌。那首歌叫做《外套》，奇怪了，為什麼在電影院我卻總是想到歌曲？我也不知道。

　　我稍微瞟了一眼螢幕，現在放著什麼片我根本不知道。人生就是這樣，誰知道眼前放著什麼片，我只關心我下一句對白。螢幕上沒有人哭，大家在院子裡烤肉。大概是溫馨片吧，我猜。

小右的眼淚卻讓我很驚訝。在宿舍裡。我們都還沒長大。可是卻是以為已經長大的年紀。

其實我不該發現的，只是電腦剛好播放到這首歌，我忘了我正問小右什麼，大概是宵夜要吃什麼，明天的報告誰要上台去說，路口便利商店新來的店員很正。

我沒有安慰他，我也沒有嘲笑他。我想，如果有一天我也哭了，我會希望身邊的人用什麼話安慰我呢？還是說什麼笑話讓我開心呢？

那天小右的眼睛很燙。對小右來說，愛情的重量無法負荷。我沒告訴他，其實對我來說，也是。

雖然晚了幾年。但是，也很重。後來有一天，我也哭了，在離開機場的時候。那年的場景即使把我的眼珠子抓爛我還是不會忘記。

我把左手的手錶脫掉，放在我旁邊H8的座位上。沒有看完最後一部片子，我離開了這裡。我知道我大概沒事就不會再來了，有事，大概也不會來。

好幾年前我來，因為我想散心。朋友們陪著我，油條以及饅頭。小右原先也要來，可是他處理一些事情，告訴你，就是讓他哭的事。這麼多年、這麼多年以後，我才知道。

那個時候的我們都太用力了。太用力所以剪開了，就不會恢復了。

我都忘了是怎麼離開斗六這間二輪電影院，走到停車場，然後發動引擎。那手錶其實也不貴，在車上想看一下時間才會發現我放在電影院的那種價格。也就是不會放在心上。

途中我還記得實行我的諾言以及想法，我在烏日下了交流道，然後迷路一下子找到成功嶺。也不能進去，我只好在二號哨口外面抽了一根菸，天知道當時收假的時候，總是在二號哨口外死撐到最

後一秒，那菸也是抽了又抽，抽了又抽。直到菸盒裡面最後一根菸被大家分享光了。

然後我準備回台北。好無聊的行程，也不知道我到底要的是什麼。然後我想到了。

其實出發之前我就知道，我總會回來。只是這條路上我會走到其他地方去，在到達終點以前，這是必然的。也許是岔路，也許是不歸路。

我真的、真的只是希望有個人可以陪我而已。尤其，在我等了十五個小時之後。你知道嗎？十五個小時剛好是洛杉磯距離台灣的時間。可惜我沒有等到。

『距離也許會剪掉很多的思念。』黃若琳這樣跟我說。當年在機場。

可是妳知道嗎，若琳。如果這麼剪下去，思念只會被剪成一串、一串。然後從眼睛掉下來，變成等待而已。

□

『老闆，You are fucking what？』

「什麼花的？」我說。

停在休息站，我在空橋上的座位吃著剛買的熱狗。剛才路上電話響了，基於安全駕駛的理由，我沒有接起來。電話那邊是饅頭。

『應格里續啦，叫你多學點英文就不要。』他說。

「這是什麼爛英文？」

『你在幹什麼，英文就是You are fucking what啊！』

「胡說。」我咬了一口熱狗，噫噫嗚嗚的。

『不然呢？』

「當然是What are you fucking啊！」我說。

『你神經病。』我笑了。因為我被神經病罵神經病。

『好啦，Are you have empty？』

「沒空啦。」我說，「你懂不懂英文？」

『我？拜託老闆，』饅頭哼了一聲，『I English are good.』

「我好想你英文怎麼說？」

『簡單。』他說，『I good think you.』

「謝謝。」我說，「我要回去了，有空再說吧。」

『我都還沒說我要幹嘛，老闆。』

「你不必說，我不想知道。」我有氣無力的。

『晚上來喝酒，慶祝生日。』

「晚上？」

『對呀，不是都這樣，一起過啊，你跟油條。』

「好吧，回去再說。」

『開車慢一點啊，我可沒時間幫你做頭七。』

「你嘴巴怎麼這麼臭？」

　　話是這麼說，但我笑了。每年大概都是這樣，也忘了過了多少次了我的生日在油條前一天，於是這樣一起慶祝也成了習慣。當習慣已經養成之後，突然會很害怕改變。

　　你會嗎？我會。

　　我繼續重複在高速公路上一個人的行程。這樣開著車對我來說，也許就像在扮演著另外一個什麼人。嘿，這次扮演的人微笑跟我當年有點像。唔，這個人從腳尖開始吻那個女孩，好美。尤其速度越快，我越容易把自己拋在很遠、很遠的後頭。可惜透過後照鏡回頭看過去，什麼都抓不到吧。

　　回到家我撥了電話給饅頭，響了很久，手機裡的歌我都聽了十幾次，每次都一樣的聲音，難道饅頭以為我不會膩嗎？混蛋。

　　突然聽見饅頭接起電話的聲音，其實我嚇了一跳，我才發現就算已經聽膩了的音樂，還是比饅頭的聲音好。

「你耳朵壞了？」我說。

『沒壞。』

「打給你又不接。」

『我怎麼知道你要打給我？』他說，『你要先打電話跟我說，你幾點要打給我才對吧。』

「對喔，抱歉。」我說。「約幾點啊？」

『不知道，要等油條下崗。』

「我想睡一會兒，你等等可不可以叫我起床？」

『幾點鐘啊？』

「嗯……」我看了手腕一下，才發現手錶走了。不回來了。

「大約十點左右。」

『好，那你九點半提醒我叫你起床。』

「九點半嗎？」我說，「別讓我打太多次喔。」

『不會啦，放心。』

我把手機鬧鐘設好了九點半，然後躺在床上。沒多久，我笑了出來。哈哈大笑，好久也不曾這樣笑過了。

饅頭這個壞蛋，竟然這樣誆我，那我還不是得提早起床？真是個無聊的傢伙，卻讓我覺得自己很幸運。人生本來就是在痛苦與無聊之間不停的踢來踢去。這句話是叔本華說的。我跟叔本華不太熟，我比較認識劉德華。

我打開冷氣。今年的第一次。夏天就到了。

台灣的夏天是離別的季節，舊的學期會在夏天結束，大家感情豐富點就哭啊哭的過了要分別的那一天。感情不豐富如同我跟饅頭、油條的，就開始計畫暑假要去哪裡玩。

然後新的學期也會在夏天開始。我想起好久沒打開的MSN上面的我的暱稱了。

「春天的菸插在冬天的屁股上，夏天在打滾，秋天喊著寂寞，誰要當冬天。」我的暱稱。每次我上線，饅頭都會丟我一句話。「陳公俊宏先生報名要當冬天。」哈哈哈。陳公俊宏明明生日就在我後一天，小右生日在八月，也是夏天。回頭看看饅頭，一月生日。

於是，每次我一上線，幾個無聊的人一邊玩旋轉泡泡球，一邊起鬨下回看到饅頭，要把菸插在他的屁股上。那就今天吧。我想。

我很想打開電腦連上很久沒有碰觸過的MSN，但我沒有。對我來說那再也沒那麼重要了。

你知道嗎？我偶爾會嘲笑自己，曾經跟黃若琳說過，那個永遠不會離開的永遠。那段過去被我放在電腦裡面一個設了密碼的檔案夾。我把密碼遺失了，也不希望再找回來。這樣就好。

對的，這樣就好。我不斷重複這句話，直到饅頭跟油條來敲我的門。有一天我會把這個檔案夾從資源回收桶裡面拉出來。

就像拉大便一樣，拉出來。

□

在我房間裡頭，兩箱啤酒。不算多。我房間有個小陽台，我知道今天晚上這陽台會發爐，就像很多年前我們四個人到北港朝天宮拜拜的時候，那個香爐一樣。

大家天南地北胡說八道，連小右都來了。我很驚詫。我不能說不快樂，但也絕對提不上快樂。只是很慣性地像往常一樣在這樣的日子做這樣的事，唯一的不同是我們再也不是學生，也永遠沒辦法煩惱那些雞毛蒜皮的鳥事。

『人說世間百苦千苦，莫如相思苦。又說眾生萬劫皆可渡，只有癡情佛難贖。』饅頭說，然後看著我。

「你不要每次都說些奇奇怪怪的話。」我說。

『老闆,看看小右,難道你還不懂得警惕自己嗎?』

『哇賽,我抽個菸也中槍。』小右抗議。

「油條跟你說什麼?」我轉身過去看著油條。

『我什麼都沒說喔,我發誓。』油條舉起手。

也許酒酣耳熱了,打打鬧鬧也習慣了。小右莫名其妙中槍之後,表情有點怪怪的。我們說好不提的東西有三個。

一,斗六鬼故事。

二,小右的《外套》。

三,饅頭被偷的摩托車。

「小右的外套」是在大學二年級的時候發生的。那個女孩我見過,是在一次聚會當中,我還記得那天很冷。非常冷,在去陽明山的路上。

我知道那個女孩給小右的痛。我知道,卻好像被什麼東西剪開一樣,也沒辦法拼湊出太多輪廓。

『雖然說這個有點掃興。』小右開了一瓶啤酒,『喀』的一聲。

「那就不要說吧。」我很認真。

『掃興一下也大不了你小不了我的,擔心什麼?』油條說。

小右笑了,大口咕嚕了啤酒之後,坐了下來。

『她結婚了。』

「啊?」我瞪大眼睛。

『你是說真的嗎?』饅頭也正經了起來。

然後我們就不說話了。大概也不知道該說些什麼好,這場生日的聚會草草結束。大家離去前替我把瓶瓶罐罐收拾好,我跟油條說了聲「生日快樂」。

『知啦，你好好照顧自己重要點。』他說。

「我很擅長照顧自己。」我說。

『我說的是，心情。』

然後他拍拍我的肩膀，我在陽台上聽見油條的重型機車發出轟隆隆的引擎聲，CBR600的聲浪很好聽。小右開著車，手伸出車窗外，對我比了中指，我吐了一口口水下去。這是有原因的。

第一，當然因為我跟他們都沒水準慣了。

第二，小右走之前，送給了我一句話。

『如果喜歡一個人，卻為你帶來傷心，那就不要繼續喜歡她了。別讓喜歡變成了愛。』他說。

「如果我不是喜歡，而是愛呢？」

『那你去吃大便啊。』他說。

然後我開始唱那首《外套》。

「做你的外套，只能穿梭你的外表，我是誰你知不知道……」也許是我唱得太難聽，離開之前小右好像很難過。我很抱歉，我會加強磨練我的歌藝。

結束了整個房間的菸酒味，我才想起來第一次在黃若琳面前抽菸，她的表情讓我很噴飯。

『學長，你怎麼在這裡？』她說。

「我，我剛好沒課。」

『你抽菸咧，臭臭。』

「真抱歉。」我趕緊熄了菸。

『你又不是劉德華，怎麼可以抽菸？』

「只有劉德華可以抽菸嗎？」

『當然，只有他抽菸才好看，才不會臭。』

「怎麼可能，他抽菸也會臭啊。」

『你聞過嗎？』

哇，輸了。我真的沒有聞過。害我有一度很想參加劉德華影友會，好像叫做『華仔天地』的樣子。偷偷溜到後台看劉德華抽菸，證明他抽菸也會臭。

「所以我沒聞過他放屁，他放屁也不會臭囉？」我好奇。

『他才不會放屁好不好，你別剪斷我的想像。』

然後她就帶著笑臉離開我的面前。我還忘不了那時候黃若琳的表情。很可愛。

有那麼一秒鐘我覺得，我好像回到那個時候。也許是我喝茫了，套一句油條的用語，我已經搬穿了。我喜歡這種感覺。那一瞬間的永遠對我來說，比任何一個人用指尖揉撫我的額頭還要溫暖。

我終於不顧一切地打開了電腦，連上網路。這台破破爛爛的筆記型電腦，從我大學時代陪我到現在。硬碟只有40G，多抓幾個A片電腦就不會動了。開機等了五分鐘，我利用這段時間回憶很多、很多溫暖。

連上MSN之後，我看了所有的聯絡人名單。天知道我多久沒上線，連哪個暱稱是哪個人都不知道了。我好像到了一個陌生的地方，看著每個人的暱稱，唯一可以分辨出來的，是最沒有水準、都是髒話那個肯定是油條。暱稱莫名其妙看不懂的，大概是饅頭。

＊我的黑夜你的白天。＊

這是我的暱稱。這麼久了，從來也沒有更換過。可以這麼千古不變的，除了侏儸紀化石，孔子說的話，再來就是我的暱稱了。

＊生日快樂。只能這樣告訴你了。＊

當我把滑鼠游標移到這個暱稱的地方，跑出來的信箱是我很熟悉的那個。狀態是「離線」，暱稱的前面有一朵花，是黃若琳習慣的用法。

「謝謝妳。」

我自以爲地丟了一個訊息給她，然後匆忙下線。這麼違背自己的良心很怪，但我知道我無法多逗留一秒。

妳知道嗎？多逗留一秒，只要多一秒，就會讓我忘記放棄的味道了。

啊，下線之前我竟然忘了要換個暱稱了。該換什麼好呢？

我的滷肉飯你的酸梅湯？

我的養樂多你的甜不辣？

我的B計畫你的B罩杯？

想了這麼多，我有點頭暈了。會不會有那麼一個奇怪的人，剛好跟我同一天生日，其實黃若琳是寫給他看的呢？會不會我自作多情，其實那根本不是黃若琳呢？

昏昏沉沉地，我等待電腦關機的音樂。一如等待開機的時候一樣，我開始回想那些讓我覺得溫暖的時刻。不知道花了多長的時間，我已經聽見窗外的鳥叫聲吱吱喳喳的。

我發現，我想到的不全是黃若琳。正確地說，大部分讓我覺得溫暖的，在這些年。竟然是沈彥伶。

果然沒有錯。沈彥伶很俐落地躲在我回憶的某一個角落。這個招式很高。每當我必須回想起某些片段，或者不小心想起的時候，她總是會出現。不管我走了多遠的路，這段路花了多少時間。夾在伶跟琳之間的我，動彈不得。

爲什麼我擅長剪斷黃若琳的想像，剪斷我的頭髮，剪斷很多東西。卻永遠剪不斷那些讓我很痛的、我不要的、我想哭的。

　　有一天我會哭出一朵鮮花。那個時候，我再把這朵花送給現在
這個懦弱的自己。

　　「請問。」我說，拿著這朵哭出來的花朵兒。

　　請問，妳那邊現在幾點呢？

□

3

假如我想拍一部確實只有性的電影，
我會拍攝出一朵花開出另一朵花；
而最好的愛情故事就是兩隻在同一個籠子中的相思鳥。

——安迪‧沃荷（Andy Warhol）

老實說，我寧願自己可以被關在同一個籠子裡。這樣的願望聽起來荒謬，但某些時刻的我的確被這樣的感受侵襲著。

小右對這個狀況應該是最熟悉的。在我每天醉生夢死的日子裡，最可以了解我的他，只會拍拍我的肩膀，要我跟他出去晃晃，買點啤酒回宿舍慢慢搬。

小右跟那個女孩的故事很簡單。那女生是個小護士，護士前面加個「小」跟年紀，身材，甚至罩杯都沒有任何一點關係。即使那女孩的身材的確很可愛，但「小護士」只是這個社會上的熱血男孩對於護士的奇怪說法。

我知道，小右跟我說過，那女孩遇見他之前，是有個男友的。聽說是個工程師。他們之間的相遇我並不清楚，也沒人敢輕率地跟小右問起。只知道工程師很少時間可以陪伴小護士，所以小右成了替代品。這年頭什麼東西都可以找到替代，尤其是感情。

只是這樣換來換去，不知道換來的是自己要的感情，還是別人眼裡的那種姿態。什麼姿態自己或許照鏡子都看不出來。搞不好這只是為了逃離某種社會規範的心理障礙，或者病態。

生病了就該去看醫生。小右選錯了，他選擇看護士。所以病情加重。

那段小右難過、我悲傷的歲月在我的心底刻劃了很深刻的痕跡。即使走出門外，踏上學校的柏油路，往天上看過去都會覺得這個世界充滿了一片灰色，從地表，連接到空氣，最後甚至連天空都如此。

也是在那個時候，我才讀到Andy Warhol的這段話。安迪，喔吼！聽起來就很像為了什麼東西興奮尖叫一樣。安迪剛好是劉德華的英文名字。黃若琳超愛、超愛劉德華。

很巧，這段話剛好是黃若琳告訴我的。於是。這個生命中，總會有個人說了很多東西。而也許這都是她說過就忘的話。

小心。你會永遠放在心裡。我就是如此。

我大概是瘋了，我竟然開始找出所有跟那段時間有「正相關」的東西。包括那個很假掰的掛鐘。我大約花了一個小時清潔它，不多說，它上頭的灰塵比早餐店的厚片土司還要更誇張許多。

我被灰塵嗆了。咳了好一下子。還好，我很慶幸。我不是被那些不要的回憶嗆到。因為或許我會這樣溺斃在過去當中。

當我苟延殘喘繼續在這個世界上奔走，王建民拿勝投跟饅頭在我房間放屁一樣輕鬆，我唯一可以依靠的竟然重重疊疊的，好像大家說好一起來玩疊羅漢，馬的，我怎麼這麼剛好是最下面那一個。

每回陳公油條，別名俊宏那位腦缺告訴我，重複重複地說，『回頭看的人永遠不知道路上有些什麼。』我都只笑。那我還能如何？因為他不懂。經歷這些的是我，有一天我也會遺忘，會祝福，會想通。不是現在。小右有一天肯定也會重新去看醫生，不再害怕看見護士。但不是現在。

就因為對我來說有些東西太美好。可以耽溺在過去，是件不錯的事。或者說，可以被過去虧欠些什麼，更是了不起。這麼不得了的情緒來自黃若琳。

她告訴我，在那次擎天崗獅子座流星雨十年最大值的夜裡。我看著靠著我肩膀的她，帶點無聊男子抗議的口吻說：「妳這樣靠著我，我會不小心愛上妳。」

帶著半真半假，很多、很多期待的情緒。

「這樣就糟糕了。」我真是個很假掰的人。

『沒關係，我不介意。』

「真的嗎？」

是她說的，我必須記得，這也理所當然是我虧欠過去的某部分。

『我希望這種記憶永遠留存你的心底。』她說。

『永遠都不會被剪斷。』

這是個遊戲。會讓一個人慢慢看著自己的心枯萎的遊戲。我恨遊戲。

後來我才知道，我跟她，黃若琳，最大的不同點，在於我是個出身平凡家庭的平凡思想人。她跟我不同。如果我是寫實主義的人，簡單來說，我這個影片很煩悶，是紀錄片。而她，就像科幻片一樣，永遠有新奇的點子以及想法。她的人生也必須跟著腳本走下去。

沒有看清楚這點的我，即使褪下了平凡的外表。

對不起。

還是個平凡的人。

□

每個人在唬爛自己的過往的時候，總會有一長串的廢話。我也不得不如此，說好聽點叫做「哲學家式的邏輯」，說穿了，就是有點害怕慢慢去面對過去的美好。美好並不可怕，可怕的是相對於現在的窩囊，那段日子就格外刺眼。

其實我開始慢慢走進了那段日子。我可不是每到生日時間就會如此，只是今年特別不一樣。我又想起那段走到哪裡都是灰的天的日子。也許這個顏色可以替我大學生活下個註解吧。

誰會想像得到，升大學那個夏天，記得在七月的時候吧，簡直熱得我想把自己的頭割掉。每天都是滿頭汗水。我跟饅頭最喜歡往圖書館跑，因為那裡除了有認真有氣質的美女在那兒看書，好像我們也有氣質，最主要還是貪圖那地方的冷氣。

誰知道七月多，正好要上高三，來了一個大停電。不要說吹冷氣，連回家之後都沒有路燈，大家都在屋子外頭納涼。剛好成為我

第一次模擬考陣亡的藉口。

　　沒多久，震撼全台灣的九二一大地震搖垮了很多人的夢想以及未來。我們差不多也是在那個時候知道，不是每個人都可以煩惱大學考得上或者考不上的。後來我知道，小右也是九二一的受災戶。也因此他不必當兵。那是後話了。

　　我的成績算相當不錯，至少比起饅頭來說。他的英文由始至終都是我罩的，沒想到他是一匹黑馬，考大學的成績竟然比我還好。而油條在這個時候被退學了，理由是曠課過多。後來他經過了幾番曲折，弄到了高中的學歷，才順利去報考警專。我很羨慕他，更羨慕他有個不離不棄的好女友。這是我們其他人都做不到的。

　　也許這段路上波折多了些，上了大學之後，我習慣這樣灰色的天空。而最好的方式就是逃避，我也搞不清楚，只知道剛上大學的我，有點害怕人們口中那個夢幻般的生活。

　　我不是刻意排除的，但我怎麼也無法多想一些大一的日子。這也許是人的本能，我就輕易將他捨去。還好，我永遠記得第一個跟我說話的女孩是誰。

　　在沈彥伶第一次借我筆記之前，我對她的印象是好女孩。乖巧，有氣質。而這樣封閉的我，在一次課堂上傳閱的紙條當中稍微鬆綁了。

　　每個地方都會有活躍的人，班上也有，一個叫做阿炮的男生。他喜歡舉辦一些活動，讓班上同學增進感情。那一次傳來的紙條，就是為了統計有多少人願意參加班遊。

　　地點在離學校不算頂遠的遊樂園，我看都不看就直接傳給下一個人。如果我知道後面那個女生是沈彥伶，也許就不會這麼做了。

　　『你不去嗎？』我回過頭。

　　「跟大家都不太熟。有點怪。」我說。第一次。

　　『劉皇右要去呢，你跟他不是不錯？』

「是啊。」我無心多話。

『班上男生不太多，我想你可以試著參加。』

「啊？為什麼？」

『至少可以當司機啊。』她笑著。

這個奇怪的理由，在當時好像被鬼附身一樣的我聽起來，成了至理名言。我點點頭，然後把紙條拿回來，寫上自己的名字。

『你要去了？』她似乎有點驚訝。

「當司機啊。」我說，「就載妳吧！」

『你人真好。』

還好當時稱讚一個人是好人，不是什麼拒絕人的藉口。不然我可能會崩潰，徹底崩潰。

那次的出遊對我來說不是什麼不堪入目的回憶。只是很冷，小右載著班上最正的女生，大家都叫她阿凰。沒有什麼抽鑰匙的無聊遊戲，大家都同班，不是我愛紅娘或者跟不熟的外系女生出遊。

女孩子相當熱絡，男生這邊除了我跟小右，其他人也沒有什麼意興闌珊，也許我不太適應這種景況。

那個叫做阿凰的女孩跟沈彥伶是好朋友，這樣的關係讓我有藉口順理成章老是找小右胡扯，也不會在這種環境以及氛圍下顯得突兀。阿凰很正，身材又好，班上其他男生不說，但我知道大家都很嫉妒小右。當然我也有那麼一點點羨慕，只是我知道阿凰有男朋友了，這種羨慕的感覺就會被抵銷。

路上沈彥伶並沒有跟我說太多話，畢竟大部分的行程都在騎車，趕路。阿炮是個很厲害的人，唱歌好聽不說，說話又幽默得讓我咋舌。還好有他在，氣氛熱絡又一點也不讓人討厭。

這個世界上竟然真的有這種人。我有夠佩服的。

「你一定很爽，可以載到阿凰。」我抽了個空，跟小右在一旁抽菸。

『爽別人啦，人家都名花有主了。』

「搶過來啊！」我插科打諢。

　當然那時候我跟小右認識不算太久，我通常都憑直覺做事。我直覺小右是個好傢伙。事實證明的確如此。

『那你把她的手抓住，剩下交給我。』他說。

「這樣我有什麼好處？」

『可以摸摸美人兒的小手，你還嫌棄什麼？』

「不如你抓她的手，剩下交給我。」

『剩下你要幹嘛？』

「你以為我能幹嘛，我當然是吟詩作對給她聽。」

『她人還不錯是真的。』

「怎麼說？」

『我以為漂亮女生都很驕傲，但是她沒有。』

「你長這麼醜，人格也沒多好啊。」我反駁。

『錯了，我人格好得很。』他說，『表裡如一。』

　打嘴砲只是我跟小右的其中一項消遣。基本上扣除如此的對話之外，我跟他之間大約只會剩下「晚餐吃什麼」，接著就是沉默。

　我跟小右在遊樂園的涼椅上面坐著，只剩下旁邊臭臭的動物大便味道陪著我們，其他人都跑去玩那些折磨自己的遊樂設施。

「你怎麼不去玩雲霄飛車？」我問小右。

『那你怎麼不去？』

「我玩膩了。」我說，「這裡我常來。」

『我沒來過，但是我對動物比較有興趣。』

　差不多就是在那個時候，阿凰跟沈彥伶走過來，停在我們跟前。

『你們不去玩嗎？』阿凰指著我跟小右。

「我們想去看動物。」

『真奇特，』她轉過頭，『彥伶，妳要去嗎？』

沈彥伶看了看前面的鳥園：『好哇。』笑了。

『我們一起去吧！』阿凰說。

『那等我們抽完菸吧，再半分鐘。』

「抱歉，讓妳們稍等一下。」我帶著歉意。

『沒關係，我不介意。妳呢？』阿凰問彥伶。

『我也沒關係。』

然後她們在我跟小右身旁坐下，我們趕緊起身。

『怎麼了？』沈彥伶看著我。

「煙味不好聞。」我說。

『我們不介意啊。』阿凰說。

其實，她們真的都是很好、很好的女孩。我後來才知道，彥伶有氣喘，不適合聞到煙味。

熄了菸，我們先到鳥園去。我也只記得這個地方了。因為裡面有很大，很漂亮的孔雀。兩個女孩很興奮地拍了不少張照片。我跟小右傻楞楞地。

「那是不是孔雀？」我問小右。

『應該吧，如果長了翅膀就是鳳凰了。』

『那……是鳳還是凰呢？』阿凰瞪大眼睛看著我。

「這個……」我求助的眼神看著小右。

『兩個有差別嗎？鳳凰不就是鳳凰？』小右說。

『鳳是男生，凰是女生啊。』沈彥伶笑著說。

真的假的？我跟小右異口同聲。

『我書讀的不多，妳可不要騙我。』小右說。

『哈哈，真的啦，所以我叫做于曉凰啊。』

「原來如此喔，好酷喔。」我說。

『這有什麼酷的，真笨。』沈彥伶笑著。

我抓抓頭。

也許我真的知識不足，書又讀的少，這點我絕對不會輸給小右。那天的孔雀還是鳳凰在我心裡飛了起來，留下很深刻的印象。這也是為什麼很久之後的某一天，當我重新記憶了鳳與凰的時候，心裡會有種緊緊的感覺。

我很高興可以輕鬆打入女孩子的世界。這對我來說是一大突破，我不像小右，說話風趣，讓人舒服。我的彆扭偶爾連我都想搥死自己。

第一次的班遊，不算非常愉快，至少不會難受。之後的很多活動，我們幾乎就是在那天的默契之下，總是以這樣的型態呈現。

回學校的途中，我刻意騎在小右的後面。彥伶沒再跟我說些什麼，我想大家都累了，帶路的阿炮也放慢速度。他真是一個懂事又體貼女生的好男生。

等紅綠燈的時候，我發現阿凰的耳朵上掛著很大的、圓的耳環。我不懂這是什麼，我的耳朵上保證也不會有那種東西。只是突然很想回頭看看，彥伶的耳朵上會不會也有這樣的耳環。

當時的我沒有回頭。現在的我才回頭，有點晚了。

天色也就慢慢變黑了。

□

現在的我才回頭，有點晚了。

我想彥伶的筆記對我來說，就像雨季出現的和煦日光。對於雨季我有很深的感受，也許因為生日就在雨季前後。每到了這個時候，我就會知道我的人生該踏入下一個里程碑。

不過這樣的想法隨著國中畢業，考上高中，上了大學，年復一年如此，卻也沒有見到自己有任何改變。

『浮誇吧。』油條總這樣說。

「雖然有點誇張，但是人都是這樣。」我抗拒著。

『所以浮誇啊。』他嘲笑地，

『就好像每年夏天到海灘上，只想看見穿著比基尼的辣妹。』

「浮誇啦。」我說。

一個男人該怎麼吸引女人的注意呢？如果是現在這個被社會污染的我，必定會說：

「簡單，拿出你的車鑰匙，在女生面前晃一晃。」

「然後帶他到妳買在東區的豪華套房，就得了。」

對於這樣思考著的自己，我感到嚴重噁心地想吐。卑劣到無以復加。如果你知道我遇到的女孩是以什麼姿態面對我，我還說出這種話，你也許會想殺了我。

大一下學期的期末考，我很慌張。非常。期中考試最重要的科目，我只拿三十分，如果期末沒有拿到七十分以上，我的考卷上面就不必署名，直接寫上「再來一罐」就好。

我很討厭準備放長假了，要跟老師Say goodbye之前，還得補上一句「I'll be back.」假裝自己很灑脫。於是我發了狠準備期末考，扣除掉偶爾惰性發作不得不拉著饅頭跟我一起去附近山上晃晃，或者拿幾手啤酒回宿舍裡面搬來搬去，我都是真真切切地面對這次的考試。

就在我即將放棄，連救生衣都穿好了的時候，沈彥伶頭上戴著會發光的甜甜圈，背上背著兩坨棉花，飛到我的跟前，手裡拿著那階段的我的聖經，拍拍我的豬腦袋。

『哀慟的人有福了！因為他們必得安慰。』

這是馬太福音第幾章我不太清楚。但對我來說，那是天使的出現。

「我想妳真的幫了我大忙。」我對彥伶說。

『不要客氣，你如果努力些，絕對不只這個成績。』她說。

「是嗎？我怎麼努力就只能如此了，」我嘆口氣，

「也許我天生不適合唸書。」

『怎麼會呢？你很棒的，你要這樣告訴自己。』

是嗎？我很棒的。我說了一次。那天之後，我也記不得自己是否有說第二次。那次我很順利低空飛過，避免掉重修的命運。這樣的紀錄一直保持到我大四，很值得驕傲。

期末考週之後，班上同學開始動起來。即將升上大二，面對我們的就是新學期新學妹。這是對男生而言。我們開始準備迎新宿營的一切，然而對於我來說，那是個遙不可及的東西。好像糊里糊塗一個學年就過去了，我連自己直屬學姐的長相都還不是記得很清楚，學弟、妹就要進來了。

於是我們開始跑場地、做場勘。場地勘查不是什麼輕鬆的工作，我很希望自己跟小右一樣，被分配到「北區迎新規劃組」這種好康，只要在學校附近的咖啡廳四處亂晃，訂到場地就沒啥大事了。

迎新宿營相較之下，就麻煩了許多、許多。

最先開始的是北區迎新，在暑假快要結束，學弟、妹即將入學前。為了讓他們對學校快速熟悉，除了之前說過的茶會之外，我們還帶著他們逛校園。

逛校園的行程很無聊，對我來說，我自己都對學校不是太熟悉，要我介紹更是沒轍。還好，饅頭這個精蟲衝腦的傢伙很夠義氣，在茶會結束之後，感到學校扮演好萊塢電影裡面變態色情狂，喔不，拯救全世界的英雄角色，幫我在旁邊替學弟妹介紹校園。

在這邊表揚他兩秒鐘。然後就如火如荼地展開迎新宿營的所有規劃。只有短短一個月。

小右終究得擔當其中的角色，因為系上男生少，所以男生一個要當兩個用，兩個就當十個拚。

可惜了，小右的籤運永遠比我還好，我們一起應徵道具美工

組，卻只有他一個人入選。

　　我必須負責我最一頭霧水的「夜遊組」。夜遊組只有我一個男生，於是很順理成章我就是夜遊組的總招。我很納悶爲什麼我會進入這個組別，於是問了最大的總召，也就是綽號「Lord almighty」的阿炮。

　　『邦雲，你知道嗎？』

　　「什麼？」我問。

　　『你先回答我第一個問題。』

　　「你問我什麼？」我驚嚇過度。

　　『你知道嗎？』

　　「不知道。」我趕緊說。

　　『很好，』他笑了，『因爲你有靈異體質。』

　　「放屁！」我大吼，「你還被水鬼抓去咧！」

　　『總之，你就多擔待。』

　　連萬能的天神都這樣說了，我也只好閉嘴。因爲後面他補了我一句，『不然我跟你換，你來主持晚會跟串場。』

　　迎新宿營的場地在林口，一個很詭異的青年活動中心。身爲夜遊組長，我必須很多次在天色很黑的時候，到現場去勘查，把路線規劃好，必須安排的嚇人景點，以及模特兒，工作人員都事先準備妥當。

　　所幸跟我同組的女生，都長得很像女鬼。打扮起來一點也不困難。我這麼稱讚大家的時候，所有女生都不開心的走了。我眞不會說話。我的意思是，大家的皮膚都很白，都有種空靈的氣質。只要簡單地化妝，很快可以進入狀況。

　　彥伶跟小右都是道具組，而整個夜遊組跟我算得上有說過話，有交集的，就是阿凰了。也因爲如此，每次必須晚上去勘查場地，

我都會央求阿凰陪我去。大部分的時候,她都不會拒絕我。

「妳長得這麼漂亮,要妳扮女鬼,會不會很委屈?」一次場堪的中途,我買了飲料之後趁著休息的空檔問她。

『你是在稱讚我?』她笑著。

「算吧。」我不好意思地抓抓頭。

『不會啊,好玩就好。我們大一的時候,學長、姊都沒有這樣。』

「是啊,扮鬼嚇人是誰想出來的餿主意。」

我咕嚕咕嚕地喝著飲料,阿凰倒是原封不動。

「妳怎麼不喝?」我好奇。

『女生喝冰的不好。』她說。『你要記得喔。』

「噢。」

『對了,後天我沒辦法陪你來了。』她說。

「是嘛。」我搖頭晃腦的。

『對,我要陪我男友。』

「對喔,真抱歉霸占了你男友的時間。」

『我男友的時間?是我的時間好嗎?』

「應該說,霸占他跟妳相處的時間才對。」

『沒關係,不介意就好。』

阿凰說,她的行蹤從來不需要跟男朋友交代的。跟我想像的不同。男女朋友之間,應該是走到哪裡,都要跟對方通知的才對。

『你難道不知道,鳳凰是在天上飛的嗎?』

「所以小右只能走在右邊?」我問。

『不是啦,我的意思是,』她吐了吐舌,『沒有人可以抓住另外一個人的。』

我笑了笑,假裝很懂。那天回學校的路上,阿凰在後座,雙手一如往常放在腿上,始終跟我抱持著「飛在天上」以及「走在路

上」的距離。

　　隔天下課時間，沈彥伶跑來我的座位前面。我正好要跟小右去抽菸，只好停下腳步。

　　『你明天要去場勘？』她問我。

　　「應該還是會去吧，要先把電源線接好。」我說。

　　『一個人嗎？』她問。

　　「大概吧，怎麼了？」

　　『阿凰告訴我她不能陪你去。』

　　「是啊，她得陪她男友。」好羨慕啊，我沒說。

　　『要我陪你去嗎？』

　　昨天晚上一回宿舍，我就拗了小右跟饅頭陪我去了，花了我好長的時間，也賠了我兩手啤酒，以及兩次宵夜。

　　「方便嗎？」

　　『我都可以，看你囉。』

　　很多年後，我很清楚一件事。當女生說，我都可以，看你囉，就是代表「你這豬頭，還不開口」的意思。

　　「這樣會不會太麻煩呢？」我說。

　　其實我指的是麻煩她，可惜女生的心很細膩，這句話聽在耳裡，就會變成「找妳去會有點麻煩」。

　　『那沒關係，就這樣吧。』她笑著。

　　果然是豬頭啊我。當天回到宿舍，我跟小右以及饅頭說，不需要他們陪我去了。

　　『當然好。』饅頭說。

　　『我也沒問題。』小右也乾脆。

　　『啤酒三手。』饅頭補充。

　　『宵夜三次。』小右開槍。

　　幹，我的朋友真夠義氣。

「沈彥伶，妳明天可以陪我去場勘嗎？」我傳了簡訊。

過了很久，沒有回音。等我都忘了自己傳過簡訊，差不多已經關燈入睡的時候，手機嗶嗶叫。

『我都可以，看你囉。』

□

沒有人可以抓住另外一個人的。抓不住的時候，要記得那個溫度就好。

那一天晚上突然冷了，我開始猶豫到底要不要跑這次場勘。畢竟今天沒去，明天可以去，後天可以去。晚上騎車跑那麼遠其實挺累，要不是其他組員都是女生，我恐怕會利用職權上的力量，強迫其他人跑場勘。

尤其是其他組的人都可以白天去，而我非得晚上去不可。真是悲哀啊，悲哀。

我最後一堂課到五點，一下課我就看見沈彥伶在教室門口等我。於是我所有的猶豫以及思考都沒有必要了。

「妳剛才沒課嗎？」我問。

『是啊，給你喝。』她遞給我一杯飲料。

「這是？」

『檸檬蘆薈，對身體很好的。』

「謝謝。」我說，接了過來，「我們直接出發嗎？」

『好哇。』

「對了，女生不要喝冰的喔。」我想起昨天阿鳳跟我說的。

『是嗎？』

「嗯，對身體不好，妳等不冰了再喝吧。」

剛好遇到下班時間，車流量正多。載著人慢慢地騎車，其實有點僵硬，對我的狀態而言。一路上我想不出可以多說些什麼，只好

悶著頭拼命騎。希望早一點到達，就可以早一點放鬆。

『夜遊組眞辛苦。』

「還好，大家都辛苦，阿炮最辛苦。」我說。

『你的想法挺正面的。』

「那是因爲我都做不好，眞害怕把夜遊搞砸了。」我嘆氣。

『怎麼這麼說呢，你很棒的啊！』

「謝謝妳啊。」

『不要嘆氣，嘆氣不好。』她說。

「情不自禁嘛。」

『嘆氣會被罰錢，而且要抓去關喔。』

「這麼嚴重？」我笑了，隔著口罩。

『是啊，所以別嘆氣喔。』

到了青年活動中心，停好了車子，我走在彥伶的前面。

「快到了，小心階梯！」我說。

『放心，我會小心的，我超會照顧自己。』

「那就好。」我笑了。

到了夜遊的場地，我重新確認了每個人躲的位置，然後把電源線接好，到時候還得放恐怖音樂，增加懸疑可怕的氣氛。我沒讓沈彥伶幫忙，因爲總覺得她是道具組的，硬要她做事有點撈過界，不太好意思。

她倒是不以爲意，在旁替我理線，收線，確認電源。整個過程速度很快，甚至都還沒有準備好，所有事情就OK了。

「呼，總算完成了。」

『恭喜你啊。』

我帶著她跑了一次流程，包括每個地點躲藏的人需要什麼準備，都說出來一次，藉此確認清楚。

『這個轉角，如果有個人躲在這裡會不會更好？』

「這裡嗎？」我看了看，「應該不錯，可惜我們沒人了。」

『我啊我啊！』

「那怎麼好意思！」我有點大聲，因為驚訝。

『沒關係啦，我沒有扮過女鬼咧，好像很好玩。』

「可是，要一個人在這裡，等所有人過來，很恐怖咧。」

『真的嗎？』

我看得出她有些害怕，不消說，我自己都不太敢。那些敢扮演女鬼的同學真的是佛心來著，我很感激她們。

『沒關係，我想試試看。』她鼓起勇氣。

「真的假的？」我說，「會不會太麻煩？」

『我是不是一直麻煩你？』

「怎麼會呢？」我嚇一跳，「是我麻煩妳才對吧。」

『原來如此。』她說，『我還以為你嫌我太麻煩。』

到這個時候我才知道，我這樣說話會讓女生誤會。男生的心很粗，表面都是砂礫所以感覺不出來很多平常的話，其實認真聽起來都有點尖銳。

也因此在不知不覺中，傷害了女生而不自知。

「那，那就麻煩妳了。」我說。

「我會想好妳該扮演的角色，然後道具再盡速完成。」

『道具我自己做就可以了，我也一起想，好不好？』

「會不會太麻……」話還沒說完，我就住嘴。

「那就謝謝妳了。」

我從背包裡拿出剛才她給我的飲料，摸了摸。

「比較不冰了，妳要喝嗎？」我遞給她。

『哇，你還幫我退冰呢。嘻嘻。』

「這樣對身體比較好。」其實我才不知道咧。

『謝謝你，你人真好。』

「哪裡哪裡，妳人才好。」我說。

『那我們要這樣你好、我好多久呢？』

「哈哈，都給我好就可以了。」

我們開始討論她究竟要扮演什麼。

「結論是，妳不適合扮鬼。」我說，「乾脆當天使好了。」

『你真貧嘴。沒想到，你還挺會說話哄女生的。』

「是嗎？我天賦異稟吧。」我笑著說。

『我明天告訴你吧，我回家想想。』

「好哇，晚了，也該回去了。」我說，「你肚子餓嗎？」

『還好，你呢？』

「我餓了，要去吃個飯嗎？」

『好哇。』

發動摩托車之前，我想到饅頭跟我說的，要幫女生扣上安全帽。可是又想起第一次去吃飯，幫班上的女生扣上，被打了一巴掌，我就心有餘悸。

『怎麼了？』

「想到一些事。」

我把安全帽的事告訴沈彥伶，她笑了。

『你說狐狸那一次？』

「對啊。」狐狸是那個女生的綽號。

『那時候大家剛認識，她當然會害怕啊！』

「我不懂吧。」我說，「唉，我很多事都不懂。」

『別嘆氣，你忘了嗎？』

「對不起、對不起。」我慌忙地。

『沒關係，我可以原諒你很多次，但是你要記得才重要。』

彥伶，謝謝妳。妳溫暖的光芒永遠都這樣照亮著我。

溫暖。

『你在等什麼？』

「啊？等妳上車啊。」我說。

『你不是要幫我……』她下巴微微仰起。

「喔，妳不介意的話。」我說。

『我都無所謂，看你囉。』

是的。我幫她扣上了安全帽的釦環。第一次。

回到學校附近，更冷了些，很多店家也關門了。我選了一間看起來比較乾淨，比較安靜的店家，停了車。等待上菜的時候，我們聊著剛入學發生的事。那時候誰也不認識誰，很有意思的。

『胖弟自我介紹超級好笑的。』她說。

「我覺得最好笑的是阿炮，沒想到他這麼優秀。」

『你也不賴啊。』

「我？」

我都忘了我自我介紹的時候說些什麼了，我看全班大概也不會有任何人記得吧。我認為自己是不起眼的，也沒必要這麼惹人注意。

『是啊，阿凰那時候還跟我說，你很不錯，有大將之風。』

「我？」我噗哧笑了出來。「我太平凡了。」

『怎麼會平凡呢？金塊流淚的時候，還是金塊啊。』

「沒想到妳也挺會哄男孩子的。」

『你白痴咧。』她笑了。

「今天很謝謝妳，還讓妳來支援我們夜遊組。」

『我相信你會辦得很棒的，真的，你這麼用心。』

「希望吧。」

我送她回宿舍的時候，刻意走在她的前面一些。如果走在她身旁，不知道怎麼地，有點尷尬。過馬路的時候，一台機車從巷子裡衝了出來，我嚇了一跳，抓住她的手。

「小心！」我發誓這真的是下意識的動作。

『謝謝你，你很細心喔。』

「這是基本的，嚇我一跳。」

『今天很開心，真的。』

「我也是。再見了。」送她到宿舍門口，我跟她道別。

『什麼時候還要去場勘呢？』她問我。

「妳願意陪我去嗎？」我學得挺快的。

『我都好，看你囉。』

「我懂，那就先謝謝妳囉，沈彥伶。」

『這樣叫我有點怪，叫我彥伶就好。』她說。

「好哇，那我就這麼叫妳。」

『那我呢，我該叫你什麼？邦雲嗎？』

「這個……」

　　叫我戴邦雲就好，我原本想這麼說。因為大部分人都這樣喚我。

「叫我米漿好了，小右他們都這樣叫我。」

『嗯，米漿，好奇怪的名字。』

「下次告訴妳為什麼這麼奇怪。早點回去吧！」

『掰掰，米漿。』

　　我看著她走進宿舍裡，然後才轉身。電視上面都是這樣演的。

「掰掰，彥伶。」我說。

□

4

就因為我眼裡全部是你。
所以我再不敢輕易哭泣。
怕一哭泣，
你就從我眼中離去。

『你的眼神輕挑驕傲。』小右說。

「不要亂說，我累了，沒力氣跟你打嘴炮。」我攤在書桌前。

『你不是說不去場勘了？』咄咄逼人。

「我沒說不去，我是不要你陪我去。」

『你這樣不老實要罰一千。』

「我給你啊。」我說，「日幣，我還付得起。」

『還好你不是說冥紙。』

「啊呀，可惜，我怎麼沒想到這個幣值。」

　　小右不停拱我，要我把今天的來龍去脈說個仔細，我不太理他。是一種不好意思，總覺得這樣跟小右分享太過於赤裸裸。尤其彥伶又是班上的同學。

　　饅頭幫著小右做迎新的道具，我累了，所以只在一旁看。饅頭倒也逗趣，總是有異想天開的點子，最誇張的是，小右竟不制止，兩個人把道具做得怪里怪氣的。

『啤酒咧，做得好渴。』饅頭說。

『宵夜咧，做得好餓。』小右說。

「你們可不可以不要那麼直接？」

『你沒聽過，友直、友諒、友多聞嗎？老闆。』饅頭說。

『我剛好是多聞的那個。』

「那誰是友諒？」我問。

『這個答案只有三個人知道，』小右看著我：

『一個是我，一個是饅頭，另外一個不能說。』

　　我在這樣的對話裡過了三年的歲月。身邊總是一些奇怪的傢伙，不知不覺我也受了影響，很難界定自己是原本如此，抑或尋常生活裡慢慢被改變了。

　　曾經我對這些不以為意，後來我才知道，這些都是我人生某段歷程的最真實、最真實態度，那影響了後來的我，就如同每個階段

的人生，都為了塑造下一個階段的自己而產生。

　　每一個細微的改變，都足以影響所有的「後來」。現在的我懂了，偶爾也嘆息為何總懂得太晚。其實，就因為太晚懂了，才會有這種嘆息吧！

　　我們在學校大樓的川堂練習著舞蹈，那是必須帶領學弟、妹一起旋轉的。是的，旋轉。沒有音樂，就阿炮一個人在前方，跟小麥兩個人教導其他所有同學，一個舞步、一個舞步地記憶。

　　小麥是班上另外一個活躍的同學，女生。身材很好。對於她我只剩下這些記憶，有點難堪，也有點不捨。不捨的不是小麥姣好的身材，而是我的記憶竟然如此廉價。

　　我們旋轉。在即將踏入另外一段人生的旅途中，我該如何在人生當中留下一個深刻的痕跡？大聲的笑，還是用力的哭？

　　『米漿。』距離大二很久、很久之後某一天，小右突然問我。

　　「怎麼？吃宵夜？敢不敢？」我說。

　　『不是這個。我想問你，你猜小麥現在在幹嘛？』

　　那是在我當兵時，放假我跟小右兩個人，在河堤旁邊亂晃。

　　「現在都快十二點了，在睡覺吧我猜。」我說。

　　『不是這個啦，我是說，她現在的狀況。』

　　「我不知道，怎麼突然提到她？」我問。

　　『沒有特別的，只是突然想到而已。』

　　大二那個時候的我，會不會想到有一天，我頂著大光頭，幹著時薪只有十六塊新台幣的大頭兵，會在放假的時候跟小右提到眼前這個帶我們跳著舞的女孩呢？

　　很難懂，對吧。

　　練習這個舞蹈，必須男生、女生分開各自成為兩個圓圈。男生在外圈，女生在內圈。然後最後一個段落，不斷重複，眼前的跳舞夥伴也跟著旋轉不停交錯，更換。

『各位戰士，想要趁機摸摸學妹的手，就是這個時候了。』

阿炮說的時候，不忘帶著邪佞的笑容。女生抗議著，說也奇怪，阿炮搖頭晃腦的笑一笑，女生就沒多大意見。

他這麼說的時候，我前面剛好換成彥伶。我尷尬地笑了笑，然後從旁邊的女同學手中接過彥伶的手。別忘了，我們系上男生少，所以有些女同學扮演男生，跟我站在同一圈，也是合情合理。

「妳的手好冰啊！」我說。

『是嗎？』彥伶看著我，表情豐富。

「這裡比較涼，下次練習要帶件外套。」我說。

『放心，我超會照顧自己的。』

「是嗎？哈。」我說，「那就好。」

『你挺細心的嘛。』

「還好，男生在外圈，就是要保護女生嘛。」

『看不出來你這麼會說話，果然有大將之風。』

我笑了。然後算錯腳步，在提著她的手畫圓圈，讓她在我手的環繞中轉圈的過程不小心卡了一下，敲了彥伶的頭一下。

「對不起。」我說。「唉，我真笨。」

『沒關係，不要嘆氣。』

「抱歉，我又忘記了。」

下次你再嘆氣的話，就要給我十塊錢。她說。我點頭，然後還沒來得及說話，她就換到下一個人的手裡去。

這樣的舞蹈讓人與人的距離拉近了。可惜，對我來說有點短暫。話還來不及說出口，下一個階段就來了。下一個人也會出現在自己面前。只是要看你是否還對前一個人念念不忘罷了。

就這樣反覆的練習，終於到了迎新宿營的那一天。

□

遊覽車，冷氣壞掉，好熱。等於它馬的。

迎新宿營當天並不能算是好天氣，前一天晚上還下起了好大、好大的雨。一來我擔心夜遊的場地會因為下雨的濕滑而不好準備，另一方面又期待雨大一點，可以直接取消夜遊。即使我花費了那麼大的心力，但是事到臨頭我還是怯場了。

看著車窗外的雨，我的心情有點複雜。雖然雨勢小了很多。我想起小時候總喜歡打開窗戶。而打開窗戶容易，拉開窗戶外的紗窗，會發出尖銳的聲音。我討厭那種聲音，就像指甲不小心刮到黑板的可怕聲音一般。

這樣的聲音會驚動其他人，所以多半時候我都控制住自己這個慾望。我想，有一天我會不會因為把手伸出窗外而被淹死。我不知道那一天什麼時候會來，我希望那天我可以穿著好看的衣服，有刮鬍子。然後笑笑地對著窗戶說，下雨下雨下大雨。

假裝那是個什麼樣的咒語。至於說了這個咒語之後會怎麼樣，我沒有想到。畢竟我還小，想到這兒已經很厲害了。

因為我們不是小隊輔，所以提早到青年活動中心前製作業。其他有擔任隊輔，以及活動組的同學都跟學弟妹同車。看到自己睡的房間，小的跟什麼一樣，就有點怨歎自己簡直是個苦命的廉價勞工。

『可以睡覺就好，聽說，晚上還要開檢討會，幾點可以睡不清楚。』

「不是吧？」我大吼，「我們去殺了阿炮。」

『好，你先去，我綁個鞋帶。』

明明就是打嘴炮。

我自己走了一趟夜遊的路線，發覺這路線有點長。希望到時候時間來得及才好。

學弟妹都到了以後，我們幾個壯漢先去搬後續要用的所有道

具。一個人當兩個人用，兩個人當十個人拚。爲了把握時間，必須一個壯漢搬一張超級長桌。那天我才知道，人類的潛力是無限的。

　　當兵的時候我更了解，人類的潛力是無價的。不是很珍貴，是沒有價值。這是題外話。

　　『天啊，都香汗淋漓了。』小右在我旁邊抱怨。

　　「沒錯，讓我們身嬌肉貴的來這裡當苦力，太不像話。」我說。

　　『早知道叫江宏翔一起來，讓他嚐嚐這種快樂。』

　　「還有每天要跑五千公尺的陳俊宏，一定很好用。」

　　拖著疲憊的身軀，我簡直不敢想這樣一天下來，我的身體會有多麼大排斥，然後我告訴小右，他在我身旁唱起《明天一個人的我是否依然會微笑》。

　　「笑你的小雞雞。」我說。

　　眼前十個小隊。我大致瞄了一眼，黃若琳在第五小隊。小隊長是班上的活寶胖弟。

　　學弟妹們各自帶開想小隊名，小隊呼的時候，我跟小右到後面抽菸。好像多說一句話就會吃虧一樣，我們默默地。

　　『喂。你覺得哪個學妹最正點？』

　　「學妹喔？」我想了想，「有幾個都還不錯。」

　　『我問你，怎麼樣才可以給女孩子自己的手機號碼？』

　　「不是吧，你已經鎖定目標囉，哪一個，跟我說。」我驚嘆。

　　『不是學妹啦，是外面認識的。』

　　「行情這麼好？」我驚訝。

　　『趕快啦，想個辦法。』

　　「就直接跟她說，這是我的手機號碼。想吃宵夜可以打。」

　　『你把我當送外賣的喔？』

　　「不然呢？」

『想別的啦。』

「那就不小心把手機丟在她面前，說聲糟糕，我的手機號碼是……」

我邊說邊笑：「妳趕快記起來，不然會有厄運纏身。」

『你可不可以正經點，我是認真的。』

「就直接給她啊，男子漢那麼囉唆。」

『我想採取高姿態啊，我也算是玉女形象的。』

「你去吃大便。」

走回集合場，大家已經分成兩邊對抗，每個小隊都卯足全力施展自己的活力。我喜歡這種感覺，因為在人群當中我是扭扭捏捏的，而大一的迎新我沒有參加，所以沒有面對過現場這種氣氛。有幾個好玩的隊名。

一個帥氣學弟當領頭的那個小隊，叫做「這題答不隊」。另外一個小隊叫做「我叫你媽你打我爸這樣很隊」。好長。黃若琳的那個小隊，名字並不稀奇。

「買東西要排隊」。

原來這種團康可以亂取這些好玩的隊名，我可是現在才知道。我的印象中只有「鋼彈神兵隊」，「海岸巡防隊」這種普通的隊名。

『怎麼沒有人取"胸前奶一對"啊？』小右說。

「誰像你這麼下流。」我嗤之以鼻。

在歡樂的氣氛當中，時間過得飛快。這是對學弟妹而言。對我們來說，中餐必須提早吃，因為下午的行程必須前置。那又是我們當苦力的時候了。

看著阿炮在大家面前表演，逗得大家合不攏嘴，我有點羨慕。可惜我沒有那種能耐，只能出賣勞力。

中午用完餐，偷了一點空，在餐廳外頭看見好久不見的快打旋

風二代。我像看見花朵的蜜蜂，看見廚餘的蟑螂，看見大便的蒼蠅，看見A片的小右，最快速度跑到機台前面。

『阿力固！』天啊，這是我的回憶。

『吼溜Ken！』媽呀，龍好帥。

我花了十塊錢，把小右打趴。他很生氣我用無影摔拼命攻擊他，可是我沒辦法。　因為我太強。

『沒什麼了不起。』他哼了一聲。

「不要輸不起好不？」我說。

『這種老人玩的遊戲，我不屑。』

「這是童年的回憶好不？」

我一邊跟小右分享無影摔、金蟬脫殼的打法，一邊到展場搬道具。過程中我不斷跟他分享當年我是如何靠五塊錢破台。

『這麼厲害怎麼不去比賽？』

「可惜當年沒有這種比賽，不然我就是你的偶像了。」我說。

『好，那我會在家裡放你的相片，照三餐膜拜。』

「你怎麼這麼賤。」

太陽出來了。我們搬完晚會要用的營火，那沉甸甸的木材讓我們整個衣服都黑了。每個男生都跑去洗澡換衣服，在房間裡面，大家互相比較自己的肌肉是不是在一天之內長大了。洗完澡之後，大家都去看小隊抗。

小隊之間的對抗，真有意思。我總有意無意之間往「買東西要排隊」看過去，黃若琳笑得很開心。一瞬間我覺得這一切都值得了，不單只為了黃若琳。眼前的學弟妹的興奮以及開心，就是我們努力的最好果實。

『要喝飲料嗎？』

彥伶從我背後拍了一下，我趕緊收回眼神。

「喔！謝謝你。」我說。

『很累吧？』

「還好，應該的。」

『亂講，剛剛有人還在唉唉叫。』小右插進來調侃我。

「我只是發個牢騷，你不也一樣？」

『你們真愛鬥嘴。』彥伶笑著。

「妳不去帶隊嗎？」

彥伶支援阿凰的那個小隊，所以一整天都不太有機會像現在這般，窩在一旁跟我們聊天。

『休息一下囉，應該可以吧？』

「當然。」我說。

『我也該回去囉。』

「等等，妳不要喝冰的。」我指著手裡的飲料。

『好吧！』她說，『就麻煩你幫我退冰囉。』

我笑著，接過她手中的飲料。小右被學妹纏著表演舞蹈，我躲到一旁，深怕自己也成為犧牲者。然後，我往黃若琳的地方看過去。

我的視線總是被她抓住，動彈不得。在她好像有第六感一樣也往我這邊看過來的時候，我撇過頭去。

假裝什麼都沒有發生。但我知道，她應該看見了。她看見了我在看她。

天色就慢慢黑了。因為我別開我的眼，看不見她的光亮。

□

晚會的時候，天空又飄起小雨。還好雨不大，還不至於澆熄我們費力升起的營火。扣掉一連串的表演，大家都很興奮，好像等待煙火爆炸的前一秒鐘一樣，呼吸都有些拘謹。

表演當然沒有我的份，我在一旁複習舞蹈動作，可不希望糗了

自己也糗了那麼久以來的練習。我站在最靠近外圍的木椅上，小右是街舞的表演者，雖然我覺得他跳舞像極了打太極拳的駱駝，但是學妹們崇仰的眼神卻讓我不得不佩服他。可惜我不會跳街舞，所以無法在他面前說嘴或者評判。

『學長，怎麼一個人在這裡呢？』

「啊？」我嚇了一跳。

黃若琳在我眼前偏著頭笑著，我差點從椅子上摔下來。

「我……在休息。」我支支吾吾。

『是嗎？真辛苦你們了，辦了這麼好的迎新。』

「不要客氣，應該的。」說得好像我做了什麼一樣。

『聽胖弟學長說，等會兒的夜遊，是你主辦的？』

「是沒錯。」我點點頭。

『會很恐怖嗎？』

「到時候就知道了吧。」我賣關子。

『后，學長都不說。』

「我怕剪斷妳的想像囉。」

『嘻嘻，你幹嘛學我說話。』她偏著頭的樣子，笑靨如花。

「回去隊伍吧，享受這樣的氣氛。」

『接下來，就是晚會的重點了。』

阿炮拿著麥克風，大家安靜下來，聽起來有回音。我趕緊走回集合處，黃若琳走在我前方，回過頭對我笑了一下。那一秒鐘我像被誰拋在空中一樣，然後她轉回頭去，我又回到地平面。

『所有男同學排在最外圈，女同學在最內圈，兩兩相對，不要偷偷接吻，抓到的要罰那個人學狒狒求偶。』

大家都笑了。我也是。這樣的情境讓人覺得好像喝了點紅酒。微醺微醺的。

　　因為男生的嚴重不夠，所以班上的女同學就負責擔任男生。很多女生雖然早就知道，也不免惋惜無法跟帥氣的學弟跳舞。我的右邊是小右，左邊是班上另外一個長頭髮的男生。

　　彥伶跟阿凰在我們對面，差不多要稍微別過頭才可以透過人群看見。這樣的距離不算太遠。

　　『大家準備好了沒有？』

　　『好了！』

　　音樂播放。這是我第一次聽見這個音樂，以往的練習都是默記腳步。第一次。很好聽。

　　帶著笑容妳走向我，做個邀請的動作。

　　我不知道應該說什麼，只覺雙腳在發抖。

　　音樂正悠揚人婆娑，我卻只覺臉兒紅透。

　　隨著不斷加快的心跳，踩著沒有節奏的節奏。

　　鼓起勇氣低下頭，卻又不敢對你說。

　　曾經見過的女孩中，你是最美的一個。

　　要是能就這樣挽著妳的手，從現在開始到最後一首。

　　只要不嫌我舞步笨拙，妳是唯一的選擇。

　　要是能就這樣挽著妳的手，從現在開始到最後一首。只要不嫌我舞步笨拙，妳是唯一的選擇。

　　不斷重複著。重複著。

　　音樂開始的時候，我被這麼美的曲調誘惑了。於是我的舞步稍微停滯了一下，差點忘了要帶領面前的學妹一起跳。等我回過神來，趕緊偷瞄了一眼小右的動作，然後跟上。

『學長，你很緊張嗎？』前面的短頭髮學妹說。

「不會，不會。」我掩飾得很差嗎？

我拉著學妹的手，不時偷瞄旁邊的動作。學妹倒比我熟悉，我很意外。

「妳會跳？」我問。

『當然啊，高中團康就跳過了，只是奇怪應該是女生在外圈的。』

「是嗎？」我好奇，「可能因為系上男生少吧。」

『無所謂囉。』

「只要不嫌我舞步笨拙」。我總覺得這歌詞是寫給我聽的。真尷尬。跳了第二次之後，換了下一個學妹，我逐漸熟悉了舞步，也開始不笨拙。我已經可以帶領著學妹的舞步，腦海中沒有任何邪惡思想，也許像我這種笨蛋，連做壞事的資格都沒有吧。

第二次之後，就開始只重複後面四句。然後一個接著一個，我們在這個青春的場合裡面轉圈圈。還好。因為我一直覺得自己在「只覺雙腳在發抖」這個動作，還真像狒狒在跳求偶舞。

不停轉著圈，我開始覺得這個舞步充滿了活力。發明這個舞步的人，真是天才，巧妙的揉合了年輕男女對於遊戲的熱忱，以及不斷轉圈的過程中，遇見了多少人，有機會牽過多少雙手，而最後那雙手，才是自己的依歸。我們有辦法握緊最後那雙手嗎？誰知道呢？

音樂重複了幾次，大家笑得很開心，尤其中間阿炮跟小麥的示範，簡直好笑到無與倫比。阿炮真是個無厘頭大師，連這樣的舞步都可以搞笑。

音樂即將結束的時候，我的面前出現了黃若琳。我有些緊張，連自己也不知道為什麼。

『學長，你要好好跳喔。』她抿著嘴笑。

「我會好好加油的。」我說。

如果能就這樣挽著妳的手，我想我會盡量不讓妳發現我的緊張。雖然音樂的聲音悠揚著，我還是偶爾會聽見營火發出「嗤嗤」的聲響。好像什麼東西在這一刻燃燒著。

我想那是我的緊張吧。

音樂結束之後，黃若琳對我做了剛才舞步中那個拉裙襬的動作，我像個木頭人一樣，只好趕緊做出那個邀請的動作。

『走了，該去準備了。』小右過來催促我。

「喔喔。」我對黃若琳笑了笑，然後離開。

接下來是胖弟跟阿炮他們表演小虎隊的舞蹈，我沒機會看。所幸彩排練習的時候，我已經看到想吐了。

在拿著道具走往夜遊場地的時候，小右湊在我耳邊。

『那個學妹好可愛喔。』他不懷好意。

「是啊。」我若無其事地。

『你學壞囉，嘿嘿。』

「你才被玩壞掉咧。」

我搥了他一拳。

『你們在說什麼？』彥伶跟阿凰走近我們。阿凰笑著問。

「沒有，他在打嘴炮。」我說。

『他喔，牽到學妹的手，開心的不得了。』

『是嗎？哪個學妹啊？』阿凰說。

「沒有，他亂講。」

『急著澄清，肯定有鬼咧。』阿凰刻意嘲笑我。

「真的沒有。」

我偷偷看了都沒說話的彥伶一眼，她只笑，沒說話。到了會場，所有女生都畫好很白很白的濃妝，然後我點起香。

「大家先來拜拜。」我說。

『我是基督徒，不能拿香。』彥伶在我身旁小聲地。

「沒關係，那就站在旁邊，禱告好了。」我點頭。

『你很貼心。』

『你們在說什麼情話？』阿凰歪著頭問我們。

「別胡說。」我緊張地看著彥伶。

彥伶沒有什麼表情，像個溫暖的陽光一樣笑著。由始自終，我都在這樣的陽光下。

「大家到定位等候，我先去帶領學弟妹，記得自己的位置跟動作。」我接著說：「還有，小右記得放音樂，差不多走到下面轉角就要放了。」

我交代了所有事項之後，走回集合場，大家已經從營火晚會地點撤退。滿頭大汗，一方面因為趕路跑回來，一方面是緊張。阿炮把麥克風交給我，我有點緊張，面對這麼多人。

「學弟妹大家好。」我說。

『好！』我嚇一跳，沒料想這樣的問候會有這麼熱烈的回應。

「謝謝大家的回應。」我抓抓頭。

然後大家都笑了，我有點不好意思。

「接下來是夜遊活動，有幾點要大家注意。」

「第一，請不要開玩笑，不要拍同學的肩膀，不要打鬧。」

「二，每個關卡都有指令，拿到最多指令的小隊會加分。」

「三，我會一個小隊、一個小隊帶過去會場，請小心腳步。」

我轉頭看了看阿炮，他對我點頭，不知道是讚許，還是確認。

「接下來跟各位說幾個這裡的傳說。」

我深呼吸之後，整理自己的思緒。我開始說一些從網路上看來的鬼故事，經過一點渲染，繪聲繪影假裝是這裡發生的故事，很多學妹怕得閉上眼，差不多有效果了之後，我結束說話。

「那麼就開始吧！」

　　我從第一小隊開始帶領，每個隊伍的排頭手上都拿著我們發放的火把。氣氛怪恐怖的，很成功。走到坡道下轉角，恐怖懸疑的音樂開始播放，有些學妹已經尖叫了。

　　成功了一半。

　　然後讓他們自己走，我去帶領下一個小隊。一直到帶領第四個小隊的時候，小右突然往集合場跑了過來。

　　『幹，有學妹昏倒了，快過來。』小右對我說。

　　「媽呀！」我大驚失色。

　　就差一個小隊，就是黃若琳那一隊了。

□

　　大雨不停打在我頭上的時候，我只想罵三字經。睫毛上面沾滿了水，我快連眼睛都睜不開。我的眼睛長了兩根辣椒，刺刺痛痛的。難受的要命。

　　就差一點點，那麼一點點，我就可以在黃若琳面前展現我這段時間的努力以及成果，我想聽見她告訴我，學長你很棒，學長你好厲害，學長你真是要得。

　　那個昏倒的學妹也許因為太緊張了，我不知道。我也不怪她。慌忙停止的夜遊活動，學弟妹們沒有一個人發出惋惜的聲音。而我，不知道該開心還是難過。一個以「嚇人」為主的活動發生了如此插曲，應該說是達到了最高潮。這樣的成功我不願意，即使所有人包含配合活動扮演女鬼的同學，都認為這樣的結局是最好的夜遊。

　　但昏倒了一個學妹。懂嗎？昏倒了一個學妹？我大聲對小右說。

　　『她沒事，只是太緊張而已，大家繪聲繪影的，不也算成功？』

「你還是不懂，昏倒了一個學妹，我們怎麼跟她的家人交代？」

沒有人怪我，有幸參與到前面活動的幾個小隊，也跑來告訴我，學長，氣氛怪恐怖的，超棒，沒遇過這麼精彩的夜遊。我對學弟妹笑了笑，感謝他們的鼓勵，然後要所有同學回去卸妝，一個人收拾所有道具，雨還在下著。

我一個人拉著溼漉漉的延長線，手裡的泥巴比我口袋裡的硬幣還多。心臟還有點不能抑止的跳動，我知道剛才那一刻我慌張了，沒有顧及到小右的想法便大聲斥責他。

學妹真的沒事，也許是我營造的氣氛太詭異。我有點後悔如此的折騰，換來的卻是一個學妹的不舒服。這個晚上，什麼都不對，什麼都不願意對。

我背著這樣的雨，不斷後悔自己的一切。不管路旁的石椅有多麼溼，我一屁股坐上去。

『怎麼一個人在這兒，需要幫忙嗎？』彥伶對著我說。

「沒事，都差不多完成了，妳不去帶隊嗎？」

『大家在餐廳休息著，沒看到你，就來這邊。』

「昏倒的學妹還好嗎？」我問。

『沒有問題，小右窩在她旁邊，說是要照顧她，笑壞了大家。』

「沒事就好。」

『你別太介懷，這是突發狀況。』

「沒想到還是搞砸了，大家這麼辛苦，真不好意思。」

『怎麼會呢？』彥伶笑著，同我一起坐下。

『你真的很棒，卻總是太悲觀。』

雨打在她的臉上，頭髮黏在額上，自成一種脈絡，好像秋天的枯枝。如果要這麼多年以後的我來看，我會覺得那是溫柔的葉子。

隨著一種有溫度的風吹過我的臉頰，好像某天在哪個海邊也曾經遇見這樣的景象。

「妳等我一下。」我掏著口袋，好不容易找到一枚十元銅板。

「這個給妳。」我說。

『給我做什麼呢？』她瞪大眼睛看著我。

「因為……」我搖搖頭，「我現在好想嘆氣。」

『豬頭。』她敲了我的頭一下。

『即使活動沒有順利完成，你還是很棒，何必嘆氣呢？』

「如果我可以不要這麼好大喜功，也許學妹就不會昏倒，活動可以順利，不要傷害到任何人。」我說。

『你知道嗎？所謂不傷害任何人的這種想法有時才是一種傷害。』

「為什麼？」我不以為然。

『沒人可以預料這麼多結果，盡力去做好，就很足夠了。』

「好吧，我懂了。」

『這十塊錢我還是收下，但是不希望有下一次囉。』

「謝謝妳，也辛苦你們在那裡等待，蚊子又多。」

『大家都辛苦，走吧，晚點還要開檢討會呢。』

「幾點了？」我問彥伶。

『十點半了，走吧。』

檢討會裡，砲聲隆隆。原本斯文的阿炮，開出了許多槍，很少看過他如此生氣的。大概是一些時間的掌握上，以及事前準備的不妥。我安靜躲在人群最後，我知道我最該是被檢討的那個。

『明天希望大家拿出幹勁，不要給學弟妹不好印象。』阿炮說，『明年這個時候，他們也會是主辦人，這樣的傳統會延續，我們必須拿出最好的一面，把這個傳統延續下去。』

大家散會，回房間休息的時候，我走到阿炮跟前。

「阿炮，對不起，我搞砸了。」我歉疚地。

『你的夜遊大概是今天最成功的部分了。』

「可是，如果學妹昏倒的事傳出去了，該怎麼跟學校還有……」

『你別想太多了，這跟你無關。』他打斷我的話，

『好好幹，大家都辛苦了。』

「我想去關心一下那個學妹。」

『去吧，記得早點休息。』

我走到學弟妹的房間，問了一個短頭髮的學妹之後，鼓起勇氣敲門。

『噢，學長！』一個學妹開門。

「妳好，請問那個……」

『黃若琳，傻呼呼學長來了！』

「傻……傻呼呼？」我？是在說我嗎？

房間突然一陣騷動，然後黃若琳走到房門口。

『學長好哇，要來跟我們一起打牌嗎？』

「我想看看那個學妹，是不是好一點了。」我據實以報。

『小倩，學長來看妳了，好幸福喔！』黃若琳對著房裡喊著。

不一會兒，那個昏倒的學妹走出來。

『學長，不好意思，還讓你跑一趟。』

「別這麼說，妳還好嗎？」

『沒事啦，』她吐吐舌，『好丟臉喔。』

「沒事就好。」我點點頭。

黃若琳從旁邊的縫隙中，探出頭來，瞇著眼睛。

『學長，要不要留下來玩牌？』她說。

「不好吧，你們玩得開心點，早點睡，明天還有一大堆活動。」

『留下來嘛，照顧學妹是學長應盡的任務。』她嘟著嘴。

「不了，我怕剪斷你們的氣氛。」我笑著。

『你真愛學人，討厭。』

房門關上之後，我笑了笑，看著自己狼狽的模樣。原來我是傻呼呼學長，那小右是什麼？小雞雞學長？還是色瞇瞇學長？

走回自己的寢室，小右在房門外的欄杆旁抽菸。我走到他的身邊，摸了摸他的口袋。

『不要亂摸啦，很猥褻。』

「拿菸啦，猥褻個屁。」

我點了根菸，手指頭微微地發抖，淋過雨的身體感覺有些涼。

「你洗澡了？」我問。

『好啦，剩你一個，抽完快去吧。』

「聽說你剛才在餐廳保護那個昏倒的學妹？」

『沒那麼誇張，就關心她而已。』

「謝啦。」我說。

『白痴，看你那麼緊張。』

「那個學妹也不錯，叫做小倩還是什麼的。」

『我只是幫你看顧一下，別想像力太豐富。』

「對喔，你已經有對象了。」我說，「哪裡認識的？」

『會告訴你才有鬼。』他說，『我走玉女路線，可不能傳出緋聞。』

「我知道，你要採取高姿態。」

『那當然。』

我拍拍小右的肩膀，把菸熄了。小右斜眼看了我，搥了我的胸口，我懂。

阿炮說得沒錯。迎新是個傳統，之前的學長姊帶領我們，讓我們擁有美好的回憶。雖然我沒有參加，但是我可以體會。現在我也

是學長了。

這樣的傳統會一直延續下去，就像生命自有的齒輪一樣。每一個環節都是用我們這段歲月去契合出來的。不停運轉著，我們共同的回憶。

這段路上我遇見了好多、好多人。那些人的微笑也許我不是每一個都記得清清楚楚。但我知道，有一天，如同現在一樣，我會回想到這些片段的某個部分，那些人的臉我會一一想起，然後帶著笑。

或者。帶著淚。

□

5

我渴望能見你一面，但請你記得，
我不會開口要求要見你。
這不是因為驕傲，你知道我在你面前毫無驕傲可言，
而是因為，唯有你也想見我的時候，我們見面才有意義。

——西蒙・波娃（Simone de Beauvoir）

　　我的直屬學姐跟我說過，邦雲，你知道為什麼時間過的很快嗎？那時候我不懂這個問題的意思，我想了想。

　　「不懂。」我對著學姐說。

　　『你看，匆匆的匆有那麼多隻腳，代表跑得很快啊。』

　　「是喔，匆匆就代表時間過很快，好像有道理。」

　　我懂，也不懂。每個人都像我一樣懵懵懂懂的嗎？你們是嗎？

　　直屬學姐是個南投女孩兒。皮膚很白，個頭不高，很漂亮。饅頭不只一次跟我說，要我介紹學姐給他認識。因為學姐很照顧我，所以我始終沒有這麼做。看著一個純白善良的女孩受到饅頭的輕慢，這麼想都不對勁。

　　迎新宿營結束之後，我在學校遇見學姐，除了微笑點頭這麼簡單的動作，我實在不知道還有什麼可以做。也許在她面前來個後空翻？或者表演把腳舉到自己頭上？

　　『嗨，學弟。』學姐對我揮手。

　　「嗨，學姐。」我笑著。

　　『聽說你們迎新辦得很順利喔。』

　　「多虧班上所有同學的幫忙。」

　　『聽學妹說，你很會說鬼故事，真看不出來。』

　　「可能我天生就長得像鬼吧。」我自嘲。

　　『改天要不要說個鬼故事給我聽呢？』

　　「好啊，學姐不怕鬼嗎？」

　　『學弟，你怕秦始皇嗎？』

　　「秦始皇？那個殺人無數，焚書坑儒的秦始皇？」

　　『是啊，有名的暴君。』

　　「不怕喔，都死了這麼久了。」我說。

　　『那就對囉，既然如此，學姐為什麼要怕鬼呢？』

　　真有道理。

說鬼故事給學姐聽，其實直到畢業都沒有實現過。怡婷學姐是個很優秀的人，思考邏輯跟我這樣的正常人不同。也許就是因為這樣的不同，才顯得我自己的平庸。我曾經痛恨自己這樣的平庸。現在，不會了。

兩天的迎新宿營過去之後，假期結束，大家還是回到學校。我依舊是那個傻呼呼學長，小右還是小雞雞學長。我自己說的。偶然在系館附近遇見學弟妹，會有人跟我打招呼。這種感受很奇妙。好像突然間我的朋友多了，人生也因此有很大的不同。

這段時間我偶爾會擔心有學弟妹看到我，會扮鬼臉給我看，或者在我旁邊學倩女幽魂的聶小倩飄來飄去。我想，夜遊這個概念在大家的心裡已經根深柢固，我不方便解釋什麼，只好盡量不讓自己看起來像個孤魂野鬼，免得每個人都想在我額頭上貼幾張符咒，或者拿十字架對著我畫來畫去。

我開始過著早上被小右挖出棉被，放學之後聽著噹噹的鐘聲，像極了道士手中的搖鈴，然後一跳、一跳地回宿舍，整個晚上聽饅頭說廢話，油條偶爾放假會來，隔天必定醉得沒辦法走路去學校。

小右那陣子，都會在房間練吉他。好幾次我在房門口看著他，總覺得這樣的小右不是原本的小右。卻又說不上來是哪裡不同。

『找我？』

有幾次我呆呆看著他，小右會把視線從吉他往上移，用一種試探獵物的眼神看著我，我知道他心裡一定藏著些什麼，只是他不說而已。

「最近練得很勤快。」我說。

『你幹嘛偷聽？』

「你幹嘛偷練？」

『你知不知道男人在練吉他的時候，就像女生在試內衣，很私隱的。』

「那你是哪一個罩杯的？」

『C啦，連C都練不好了。』

歸咎於我不善表達的個性，我沒有繼續關懷他。其實我對那段時光感到些許遺憾。尤其親眼看見自己的朋友，從期待、快樂、走入悲傷，以及痛苦。我卻無能為力。

學校裡有個挺漂亮的湖，湖水從二樓以上看下去，是綠色的。湖的中央也許沒有什麼華麗別緻的噴泉雕像，但我喜歡這個湖。原因無他，曾經有幾次上通識課的時候，因為教室距離太遠，我遲了進入教室，快步從走廊往教室移動的過程中，總會因為這湖而耽誤了腳步。

教授，對不起。都因為這美麗的湖，讓我經常性的遲到。

然而下課的時間，我也喜歡在走廊上看著那個湖。其實，我偶爾會發現那不過是個小水塘，儘管經過了這麼久，即使我清楚那只是個偽裝成湖的小水塘，我還是對她有著深刻的依戀。

我知道，每個地方都要有個湖。如果哪裡少了座湖，就會少了很多漣漪，以及夏日午後雷雨之後，氤氳的霧氣。

那是很遺憾的。

那段時間裡我盡力維持住我跟這片湖水的正相關性。就像瑪莉兄弟必須要有修水管的工具，頭上也必須戴著帽子才對。很簡單對吧？

那片湖水的清晰我懂。有一天傍晚，我下了課準備到熟悉的那間自助餐吃飯。我接到饅頭的電話。

「吃飯了，敢不敢？」我說。

『老闆，現在不是吃飯的時間。』

「廢話，不然難道是打排球的時間嗎？」

『不，老闆，你們家小右雞雞歪歪的，你趕快回來。』

「怎麼了？」

『你回來就知道了。』

於是我放下手邊的餐盤，火速趕回宿舍裡。這一路上我擔心的腳都快跑斷了，就好像母狗看見自己的孩子被隔壁的小貓叼走一樣，慈母的面貌呈現在我臉上。

恰如其分。

回到宿舍之後，我看見饅頭正對著小右使出職業摔角比賽才看得到的關節技，扭得小右整個臉扭曲變形，口水鼻涕弄得整個地板都是。

「你們在幹嘛？」我問。很冷靜地。

『老闆，快來幫忙！』饅頭大叫。

「現在這個樣子，我應該先幫小右叫救護車吧！」我說，還是很冷靜。

『這小子在幹傻事啊！』

我先花了很大的力氣把饅頭從小右的身上拉開，等大家都不在氣喘吁吁之後，隔在他們倆中間。

「你們為什麼要決鬥？」我說。

『老闆，你自己說。』饅頭沒好氣地看著小右。

『沒怎麼樣啊，我只是要他陪我去找罌粟花。』

「什麼是罌粟花？」我好奇。

『老闆，罌粟花就是大麻的材料啊。』

「真的喔？」我驚訝地，「你要罌粟花幹嘛？」

『就……』小右低下頭，『唉。』

『他這個蠢驢，說要找罌粟花送給小護士。』

「小護士？」

小右說，小護士希望小右可以送給她罌粟花當作禮物。所以這個小蠢驢右就打算拉著饅頭陪他去找。

「右哥，這個是犯法的咧！」我說。

『我怎麼知道，我以為那只是一種花。』

「你確定她要你找這種花？」

『應該是吧，我也沒聽清楚。』

「你不是要採取高姿態，就別理會什麼花了吧！」我說。

『我是啊，我還是玉女。』小右說，『所以才送花嘛。』

我跟饅頭討論了一下，橫豎這種花不是說找得到就隨便有，但是打發眼前這個蠢蛋卻是非常必要的，就這樣，我們上網查了好久的罌粟花圖片之後，三個人兩台摩托車，就到路上可以看見花花草草的地方亂繞，拿時間換取空間，拿空間換取小右的執拗。

不知道幾個小時過去了，跑遍了大台北地區不少公園，就是沒看見什麼「罌粟花」。當然，看見了就不得了了。

「你要不要打電話給她，確認一下是不是真的要罌粟花？」

『老闆，你跟她說，那是違禁品啊！』

在我們的堅持之下，小右終於撥電話給小護士。搗著話筒講了很久，饅頭跟我抽了兩根菸。

『兄弟，我們的交情應該算是血濃於水吧。』

聽到小右這麼說，感覺就很怪。沒事獻殷勤，非奸即盜。

「老實說，我們是文明人，不會動手的。」我說。

『老闆，為兄弟兩肋插刀，義不容辭啊。』小右放心地點頭，把手機放回口袋裡。

『她說，是櫻花樹的花，不是罌粟花。』

「那就好了，沒事了。」我說。

『老闆，這樣我就放心了。』

小右開心笑了，展開雙臂朝我跟饅頭走過來。

「我左你右。」我下指令。

『殺了你！』饅頭大吼。

這一天我們都很餓，沒吃晚餐在台北繞啊繞。小右呼救的聲音

在空氣中迴盪著，沒有人搭救他。我們都很瘋。回程的路上，小右告訴我。

『戴邦雲。』他說：『你知道喜歡一個人，喜歡到快窒息是什麼感覺嗎？』

「你想被我踢下車嗎？」我說。

『我只是想跟你分享而已嘛。』

我知道嘛，小右。就像罌粟花。

□

期中考前一天的晚上，小右拿了針線包，桌上放個草人。我喝著啤酒坐在沙發上，小右理也不理我。

他忙碌著自己所需要的暈眩，而我才是貪杯的那一個。看著他不停縫啊縫，我都不知道原來小右是個喜歡女紅的人。我拿出自己跌倒磨破了膝蓋的牛仔褲，遞給他。

『這是什麼意思？』他問我。

「幫我縫起來啊。」

『你當我是什麼東西？我看起來像是這樣的人嗎？』

「你怎麼說得好像我對不起你一樣。」

『那你還在這時候煩我？』

「我是看你不亦樂乎，想參與你。」我說，

「你到底在幹嘛？」

『縫小人。』

那個草人也不知道他是哪裡弄來的，看起來挺可愛的。我從他手中把草人奪過來，放在手掌心把玩。

「挺可愛的。」我說，「哪裡買的？」

『可愛個頭，這是要下詛咒的。』

「詛咒誰？」

『一個膽子比牛的雞雞還大的人。』

「情敵嗎？」我好奇。

『算吧，』小右嘆氣著，『有些東西很強大。』

「沒想到你這麼小家子氣，竟然會用草人。」

『總得找點事情給自己做吧。』

總得找點事情給自己做吧！說得好。

期中考之後，阿凰趁著上課老師還沒到教室的空檔，走到我的面前。

『丐幫，小右最近是不是怪怪的？』

她喜歡叫我丐幫，也不知道為什麼。我每次都跟她抗議，我是戴邦雲，不是丐幫。

「是嗎？我不太清楚。」我說。

『你不是跟他住在一塊兒，怎麼會不知道呢？』

「妳真關心他。」我故意這麼說。

『關心同學是應該的。』

說完她就頭也不回地走了。

下課以後，彥伶跑過來告訴我，阿凰在廁所哭了。我很意外，難道是我惹她生氣了不成？

『不是，她沒提到你，應該是跟男朋友吵架了。』

「是嗎？」

『我還以為她跟你說了什麼，沒想到你也是什麼都不知道。』

「要不要去關心她一下呢？」

『她什麼都不說。』

我點點頭，沒多說什麼。離開教室之後，我看見阿凰獨自一人坐在樹蔭下的椅子上。也不知道哪裡來的勇氣，我往她那裡走過去。

「于曉凰。」我說。

她抬頭看了我一眼，臉上還有剛哭過的痕跡。

「妳還好嗎？」

『沒事。』

「真的沒事嗎？」我直覺好像是我惹哭了她。

『真的沒事。』

「我是不是剛才說錯了話，那我跟妳道歉。」

『不關你的事。』

「我奶奶跟我說，女孩子這樣告訴我，就是關我的事。」

『真的不關你的事，拜託，不要問了。』

「好吧。」我抓抓頭，「如果有需要幫忙，一定要說。」

『謝謝。』

「關心同學是應該的。」

『你真的很故意。』

「我是真的關心妳。」

走出校門口之前，我到餐廳裡買了杯飲料，冰的。

『學長！』

「噢，妳好。」

黃若琳在餐廳外，笑著對我打招呼。

『學長下課了？』

「是啊，學妹。」我笑著，「妳也沒課了？」

『是的。』她表情很神秘，『學長做壞事囉！』

「我？」我想了想，「我剛剛有付錢啊！」

『才不是這個，我剛剛看見學長跟學姐在說話。』

「是沒錯。」

『把學姐惹哭了喔，你真是壞蛋。』

「妳誤會了，不是……」

『你一定是拋棄人家了，學姐這麼美，你還這麼做。』

「妳眞的誤會了，不是妳想的那樣。」

『所以你不喜歡那個學姐，害人家難過囉？』

「也不是這樣。」我澄清，「我沒有不喜歡她。」

『那你喜歡她，幹嘛把她弄哭？』

「天吶！」我越描越黑。

費了好大一番功夫，才跟黃若琳解釋清楚。

『所以，你不是學姐的男朋友？』

「當然不是。」我正氣凜然地。

『好吧，那我錯怪你了。』

「沒關係，我不介意。」我笑著。

『那學長會讓女生哭嗎？』

我呆了一下，想了好一陣子，搖搖頭。

「我沒有讓女生哭過。」我說。

『眞的嗎？以前的女朋友都沒哭過？』

「這個……」我尷尬地說，「好像沒有。」

『那你眞可憐。』

我還以爲她應該開始表揚我，沒想到卻是這個結論。

「可憐？爲什麼？」

『因爲讓女生哭，那個女生才會記得你啊。』

「眞的嗎？」

『當然。』

「沒關係，下次有機會，我把妳弄哭，妳就會永遠記得我了。」

『呵呵，你不必把我弄哭，我也會記得你的啦。』她笑，『傻呼呼的。』

我不是很懂她的意思，雖然我很開心。她說她會記得我。這算好事一樁吧！

我不停地思考著同樣一件事。難道我這輩子，眞沒有任何一個女生爲我哭過？高中時代經歷過人生的初戀，那個女孩成績很好。後來因爲考試的關係疏遠了，也沒說什麼就斷了聯繫。

她有爲了這段感情而哭嗎？我不知道，我沒有，因爲淡淡的，就這樣過去了。連饅頭都不大記得有這個女孩出現過。

「饅頭，有女孩子爲你哭過嗎？」我問饅頭。

『當然有啊老闆。』他說，『我妹每次看到我都會哭。』

「爲什麼？」

『怕我打她啊。』

「不是這種啦，畜生。」

『應該沒有吧，我這麼風度翩翩，怎麼會害女生哭呢？』

「聽你這樣說，有點不可信。」

『好吧，我想想，應該有吧，難免會有爭執。』

「那是什麼感覺？」

『什麼東西什麼感覺？』

「女孩爲了你哭啊！」

『很難形容，你問這個幹嘛？』

「沒啊，好像沒有女生爲了我哭過。」

『你怎麼知道？』

「我沒看過啊。」

你沒看過而已，說不定有女孩在你背後爲了你哭。你怎麼知道？

饅頭說完，要我去陽台陪他抽菸。今天油條放假，過不了多久，大概他就會搬著一箱啤酒按電鈴了。這種時光日復一日，當時覺得沒什麼稀罕。

日子久了，就知道那是很有分量的。

我告訴饅頭，學校有一座湖，很漂亮，改天帶他去看。他點點

頭，然後拿起手機打電話給女生。看他打電話，自己也覺得是不是該撥電話給某某。

　　拿起手機才發現。我的電話裡沒有某某。好可憐。

　　天氣越來越冷了以後，我們就少在陽台抽菸了。多半都在客廳裡面，反正也沒有其他人，我們的世界也很簡單。啤酒、香菸、屁話，日子就沒有聲音這樣走掉。

　　『米漿，有流星雨。』

　　一天晚上，小右跟我說。帶著憧憬的眼神，也不知道在憧憬什麼鬼。很冷，那陣子大概是我有記憶以來，最冷的一個冬天。

　　「流星雨是什麼？」

　　『獅子座流星雨，你都沒看電視喔。』

　　「禮拜幾？」

　　『禮拜四。』他說，『要不要去？』

　　「跟你去看流星雨，會不會有點怪？」

　　『你不會找人喔，我想帶小護士去啦。』

　　「你帶小護士去，我帶饅頭去，這樣更怪吧。」

　　『你、不、會、帶、女、生、喔。』

　　「帶誰？」我說。

　　然後我想到了一個人。二〇〇一年十一月二十一號。獅子座流星雨最大值。聽說三十年才有一次。

　　我想到了一個人。

□

　　我想我正經歷一個階段。多年後我曾經跟公司的同事到日月潭旅遊。住的飯店在其中一個碼頭，因為我們的預算不夠多，沒辦法住在擁有全湖景的飯店。

　　於是我總想，夜晚時往湖的那一邊看過去，會是什麼樣的景

色？我始終在湖的這一邊，所以永遠都不知道。而當年住的那個飯店，那個小小的湖景。竟然就是我對日月潭全部的印象了。

那個時候如此。其實永遠都是如此。如果那時候我選擇邀約另外一個女孩子，事情會有什麼變化？接下來的一切，有會是怎麼發展？我始終還是留在這個地方。我沒有辦法回去，而所有的東西，都留在那一年了。

＊

我花了相當多的時間構思，其實也不是什麼大不了的。但是我就是一個謹慎的人，連洗澡的時候，要先洗哪一個部位，都會思考再三，務必求得最有效率的狀態。

打電話邀約太沒誠意，於是我安排了一個巧妙的邂逅。

「學妹，這麼巧？」這樣開頭太俗套。

「學妹，月落烏啼霜滿天。」這樣太神經病。

「啊，學妹，我等了妳好久！」有點歇斯底里。

「學妹，妳想喝醉生夢死酒嗎？」我又不是王家衛。

想了老半天，等到黃若琳真的從我面前出現的時候，什麼想法都是多餘的，簡直太可笑。

『學長，好巧啊。』

沒想到，她就是用這麼俗套的開頭。我還沒來得及開口，學妹已經出現在我面前，帶著笑，我也是。也許她的笑是天真的，是可愛毫無心機的。我的笑卻充滿了尷尬以及執著。

「是啊，好巧。」

『最近經常碰到學長，是不是我們有緣份呢？』

「應該吧。」我的聲音在發抖。

『你表情怪怪的喔，學長。』

「真、真的嗎？」我摸摸臉。

『呵呵，一點點啦，不嚴重，不嚴重。』

「那個，學妹。」

『我不是那個學妹，我是黃若琳，學長還不知道我的名字嗎？』

「不，我當然知道。」

『那就不要叫我那個學妹，好難聽喔。』

「好，若琳學妹，這樣可以嗎？」

『可以啊，學長，我等會兒有課，我先去上課囉。』

「這樣啊，那我待會兒再找妳。」

『喔？你要找我？』

「是啊，有些事想跟妳說。」

『哇，受寵若驚呢。』

「不要這樣說。」

『那……約在哪裡呢？第一次跟學長約會咧。』

「也不算是約會啦。」我尷尬地。

『那我不去上課了，我要跟學長約會。』

「這樣不好吧？」

『有什麼關係呢？』

我就傻呼呼地跟著黃若琳走到餐廳去。好像一切都不太真實，到底發生了什麼事，我也不大清楚。

『學長要跟我說什麼呢？啊呀，你的表情怎麼傻呼呼的？』

「我？」我摸摸臉，「真的很傻嗎？」

『你真的傻呼呼的咧，好好笑喔。』

「是這樣的，」我裝正經，「學妹禮拜四有空嗎？」

『禮拜四？』她拿出小筆記本，『什麼時候？』

「大概是晚上。」什麼大概，就是晚上，有人白天看流星的嗎？

『晚上？』她瞪大眼睛看著我。

「那個、那個，流星雨，很大，然後，晚上。」

『你在說什麼啊，笨蛋。』

「就是那個流星雨，想問妳願不願意去看。」

『這是約我嗎？』

「是的。」不然我在約隔壁賣冰的阿姨嗎？

『那就是正式的約會囉？』

「也不能這麼說啦。」

我告訴她，還有小右，也就是小雞雞學長會去。還有他的小護士。

『聽起來好像很好玩，不多找點人一起去嗎？』

「我的朋友就這幾個了，其實。」

『我都不認識，會不會有點怪怪的？』

「應該不會吧，如果妳覺得怪，那就不要勉強。」

『難得學長約我，我當然要去啊。』

「謝謝妳。」

『學長為什麼約我呢？』

「這個……因為……」

『你該不會……』她偏著頭看我，我好緊張好緊張。

『該不會沒有人可以約吧？』

「沒錯。」我鬆一口氣。

『后，沒人可以約才約我，你剪斷我的想像了啦！』

「不是這個意思啦。」我冷汗直流。

『我跟你開玩笑的，瞧你緊張的。』她笑著，『答應你囉。』

「謝謝，謝謝。」

『你真好玩，真傻呼呼的咧。』

我對於被黃若琳逗著玩，一點也不介意，相反地，其實挺開心

的。這種感覺像極了耍花槍，讓我跟她之間的距離拉近了不少。

出發那天很冷，冷得我覺得好像冷不是冷，而是燙。真奇妙的感覺，我覺得大概只有像我這樣的人才會這麼覺得吧。每當冷得手都動不了，會覺得這樣的冰冷是一種灼熱。對我來說都一樣，全部都是毫無知覺的感受。

那時候我還不知道，冷的極限的確會帶來灼傷。我慶幸我還不知道，這樣的愚蠢相較於現在的我，很幸福。

我們在宿舍樓下集合，在那之前，我跟小右分頭載我們的夥伴。我很簡單，跟黃若琳約在校門口，在集合之前我還帶她去吃了點東西。小右得跑到林口去，於是最後一堂課還沒結束，他就偷偷摸摸從教室後面溜出去。我很想跟老師打小報告，即使他溜出去是為了跟我一起去看流星雨，我卻覺得不這麼整整他，有點過意不去。

我在心裡頭掙扎了好久，終於我壓下了這個誘人的念頭。我是個有自制力的人，也許很難想像，但我的堅忍不拔偶爾會讓我有所收穫，當然它也會帶來點錯誤，即使我如此自豪。

『學長，你確定今天看得見流星嗎？』

天空灰濛濛的，其實我也不敢打包票。這種時候說出太肯定的話，要是出糗了，肯定沒好滋味。

「不一定，我想也是得碰碰運氣。」我說。

『如果看不到，就白跑一趟了呢。』

「是啊，希望可以看到，不然就太對不起妳了。」

『怎麼會呢？沒看到也無妨啊。』

「沒有達成目的，總會有點遺憾。」

『那你的目的是什麼？』

我愣住了，然後迅速收拾心神，假裝這話沒有我多想的那些含意。

「收了妳啊。」最好我敢這麼說。

「看流星雨，然後許願。」這才是我真正的回答。

『我也要許願！』

「好哇，妳想許什麼願望呢？」

『不能跟你說。』

「我口風很緊的。」

『不行，我說出來，就必須把你滅口。』

「那妳千萬別說。」我趕緊制止。

『我現在又突然想說了，糟糕。』

哈。

她的確是個不可多得的可愛女生。偶爾我會覺得，我的運氣真好，可以遇見這麼多，這麼可愛的人。在我身邊。尤其是女孩子。人生活在幸福當中，總是要在幸福離開才會清楚。這樣的邏輯真殘忍，卻也實在。

小護士是個個頭不高，皮膚白皙，說話很溫柔的女生。在見到她之後，我可以理解為何在我眼中一向最理性的小右，會給迷得神魂顛倒，連自己的名字都忘了怎麼寫。

『你們好。』

她很客氣地跟我還有學妹打招呼，黃若琳禮貌地點頭。這點出乎我意料之外，我以為她這麼熱切的性格，應該會很主動說些話。然而沒有，對我來說這樣的驚訝只存在心裡零點幾秒。

小右希望我們先到學校對面巷子裡面喝碗熱甜湯，即使肚子已經有點塞不下東西，我跟黃若琳還是同意了。那間賣豆花的店，老闆娘是個很親切的長輩，尤其她的豆花，簡直綿密到有點像賣給我們消業障一樣。

我這麼說，小右誇我形容的好，黃若琳說我太誇張。小護士很冷靜，只是微笑。很好，護士就應該冷靜，冷靜才可以懸壺濟世。

　　『懸壺濟世的是醫生，不是護士。』小護士糾正我。

　　「沒關係，你們也是幫忙提水壺的，也很重要。」

　　這麼冷的天，喝碗熱熱的豆花很舒服，手也暖呼呼的。在豆花店裡我們閒聊，不知怎麼聊到了各自的生日。小右八月五號，獅子座。所以他學獅子吼了一聲，小護士搥了他一下。學妹生日在九月六號，剛好月份跟日期都多小右一個數字。

　　『我生日是五月十二號。』小護士說。

　　「這麼巧？我生日在你後一天。」我說。

　　『學長，你五月十三號生日，有點可憐。』黃若琳說。

　　『爲什麼？』小右好奇地問。

　　黃若琳跟他解釋了我的生日都是質數，是很孤單的日子。我想起這個說法，她是在北區營新的時候告訴我的。也因此改變了我的一生。

　　『還好，我們沒那麼衰。』小右說。

　　『可是，我的生日那天也不是太好。』小護士說。

　　「爲什麼呢？」我好奇。

　　『因爲那一天是護士節。』

　　護士節爲什麼會不好呢？雖然我也是頭一次知道，五月十二號是護士節。我很好奇，可是小護士似乎沒有想要繼續說下去的意圖，問了又問似乎不太禮貌，所以我靜靜等著。

　　過了一會兒。

　　『護士節當天，護士都趕著下班去慶祝，這一天出生很對不起護士。』她說：『我媽媽生我的時候，護士希望她動作快一點，護士想跟男朋友去看電影，所以我媽媽就很快地把我生下來，聽說不到十分鐘。』

　　『這樣不是很好嗎？』小右狐疑。

　　『不好。』小護士說。

『沒太大掙扎就到這個世界，顯得我很廉價。』

「怎麼會呢？」我笑著。

『當然不會啊。』小右也趕忙說。

離開豆花店，我跟學妹走在後頭。她湊近我的身旁，低聲對我說。

『學長，我想到下次你生日，該怎麼替你慶祝了。』

□

黃若琳始終不和我說，她想到替我慶生的方法到底是什麼。被賣關子的滋味其實不好受，但我堅毅不拔的耐性卻在這時候作祟，我竟然不繼續開口問她。我覺得這樣很差勁，我少了很多繼續跟她開啓話題的機會，就這樣，我們安靜地上了車，往擎天崗前進。

我不知道路線怎麼走，所幸小右一直都是個人體衛星導航，走到哪裡，任何陌生的地方，只要走一次，他就可以永遠記得路。我很羨慕他，我的方向感其差無比，還曾經在高中校園裡面迷了路，這件事情被油條還有饅頭笑了五年。

路上我們不多話，我特地準備了口罩給黃若琳，結果被退件。

『學長，這樣的口罩讓我這種淑女戴，有點扯喔。』

「會嗎？」我看著手裡的白色口罩。

『這是病人戴的吧，你真的傻呼呼的。』

還好她自己有準備，是個粉紅色的花紋口罩。的確比我在便利商店買的十元白色口罩好多了。

『你以前女朋友如果看到這個，應該會昏倒吧。』

「我不知道咧，我以前沒機會騎機車。」

『如果你要追我，拿這個口罩出來，我一定會不理你。』

「那妳現在不理我嗎？」我問。

『不理你就不會繼續跟你說話啦，傻呼呼的。』

　　這是什麼意思呢？我想了好久，幾乎整段路途都不停思考著。意思是我沒機會了，還是她不知道我喜歡她呢？

　　「那如果我想追妳呢？」

　　我好想、好想這麼開口問，但是我不敢，沒種，而且執著。我想，如果就這樣個子其實也挺好，她永遠都會跟我說話。挺好的不是？

　　這趟路途真夠遠的，前面的小右騎車也不快，我想是為了爭取多一點靠近小護士的機會，我讚許他這種行為，簡直就是人類的楷模，青年的典範。

　　上山之前，我們在便利商店稍做停留，買了點熱飲，擔心山上太冷。我的手幾乎就要凍僵而失去知覺了，摸到熱鐵罐咖啡的瞬間，手差點爆炸，雖然舒服，卻有點矛盾地難受，好難形容。

　　黃若琳從便利商店走出來，把飲料放進車箱裡，微微低著頭整理飲料。我發現，她耳朵上掛著一個好亮眼，好閃閃發光的耳環。

　　『你在看什麼呢？』她問。

　　「沒什麼，就妳的耳環而已。」

　　『漂亮嗎？』她雙手撫著耳環。

　　「好看，真有時尚的氣息。」

　　『你的形容詞怎麼都這麼怪。』她呵呵笑著。

　　往擎天崗的路，一點路燈都沒有，更糟糕地，還起了霧。在前方帶路的小右速度更慢了，我也是極度專心看著大燈照射的地面，隨著不斷拉出皺摺的山路，蜿蜒著朝目的地前進。

　　小護士緊緊抱住小右的腰。我看得一清二楚，即使沒有路燈。黃若琳的手放在自己的膝蓋上，我稍微別回頭去看了一眼。

　　『專心騎車。』她說。

　　「我看妳還在不在。」我說，「妳太瘦了，載妳跟自己騎車沒兩樣。」

『說得好，給你一點獎賞。』她笑著。

然後，她的手環住我的腰間。我有點驚訝，也因為這樣的靠近，我挺了腰。因為我有點怕癢。

『這麼害怕嗎？』她說。

「沒有，有點驚訝而已。」我說。

接著她說了一長串的話，透過口罩我聽不仔細，只能點頭。然後心臟好快，有點像坐上了闖紅燈的計程車。

我猜想，她一定知道我不停注意著小護士的手，在小右腰間。這種感覺奇妙莫名。好像我的眼神即使她看不見，也可以透過某種方式牢牢鎖定，然後在下一秒做出讓我不知所措的回應。

『終於到了，屁股好痠喔。』

一下車，黃若琳伸展四肢，然後對著我說。耳朵上的耳環晃啊晃的。

我們走到公園裡頭，其實是不是個公園我也不清楚，沒有什麼光線。幾乎是摸黑往裡頭走，我是第一次來，我想下一次我再回到此處，恐怕會一點印象都沒有。

『黑摸摸的。』黃若琳說。

「是啊，真慘。」我說。

『看起來，應該要等一下子。』小右似乎不打算放棄。

『我們到前面去坐著吧。』

前面是座涼亭，我們坐進去了以後，透過斜斜的角度往天空看去，真的只有一片黑，不要說流星雨，就算我流口水，都不會被發現吧。

「看來是要白跑一趟了。」我說。

『怎麼會白跑呢？只要出來，就不會白費。』黃若琳說。

小右跟小護士走出涼亭，隱約還可以看見他們牽著手。有點刺眼，即使現在黑暗一片。

「要一起出去嗎？」我問。

『我想在這裡休息一下。』

「妳似乎不大喜歡小右。」我說。

『不，我很喜歡小右學長。』

「是嗎？」

『但是我覺得那個女生，有點，嗯。』

「有點什麼？」

『不會講，直覺吧，覺得我跟她不合。』

是的，她直覺真準，也許那時候她就知道小護士有一天會拋棄小右。而小右只是個很好的人，簡單說，很好的備胎。後來我的確也厭惡過小護士，因為她欺騙了這麼善良，而且真心的小右，我最清楚小右的為人，他的真誠絕對不會虛偽。

而他幽默輕鬆的表情背後，其實藏著很多層次。卻這樣被一個女孩傷透了。

『不說這個了，我覺得今天很快樂。』黃若琳笑著，坐近了我一些。

「是嗎？可是沒看到流星雨咧。」

『沒關係啊，就算沒看到，就當作是人生的轉彎。』

「可惜沒有達成目的。」

『你怎麼知道今天的目的是什麼呢？也許人生根本沒目的啊？』

「我也不知道，只是有點可惜。」

『不必可惜了，喝飲料。』

她把方才在便利商店買的熱咖啡遞給我，還溫溫的。

『如果今天有流星雨，你會許什麼願望？』

「世界和平啊。」

『老套。』

「那妳呢？」我問，喝了一口咖啡。太甜。

『我希望，永遠不會忘記這一天。』

「妳會忘記嗎？」我問。

『我也不知道，我總不太容易記得過去發生的細節。』

「妳記性不好。」我說。

『不，我記性很好，背書很厲害的。』她說：

『我只是不記得一些，讓我覺得很難過的事。』

「今天讓妳難過嗎？」

『當然不。』

「那可以放心了，妳會記得的。」我說。

黃若琳沒有回我話，我發現我跟她的距離很近、很近。幾乎大腿貼著大腿。還沒發現的時候，沒多大感覺，一旦發現了，就有點緊張。也熱了起來。

『肩膀借我一下，可以嗎？』她說。

「好。」

她靠著我的肩，偏著頭往涼亭外頭，小右他們走離的方向看去。我試著也想看她看著的那個方向，可惜我不敢輕舉妄動，怕影響了她靠著我的肩膀的舒適。

也因為如此的想法，加上我堅忍的個性，我始終無法看見，她所看見的一切。我永遠無法知道她眼睛的方向，因為我只能呆著不動，以為這樣不動，她就會很開心、很舒服。

那一天我的勇氣很巨大。也許因為四周伸手都不太看得見五指。我的勇氣因為黑夜而茁壯。

「妳這樣靠著我，我會不小心愛上妳。」我說：「這樣就糟糕了。」

我帶著開玩笑的口吻，其實不是因為我輕率。假裝開玩笑，即使被拒絕了，也不會太糗。

　　她沒說話。我的臉漲紅了，我想她是看不見的。冷冷的空氣在這個時候更加尷尬。

　　『沒關係，我不介意。』她說。

　　「眞、眞的嗎？」不介意？不介意我愛上妳？

　　『嗯。』

　　微弱的光線下，我看見她閉上眼睛。依據電視八點檔從小到大的教育，我應該把頭湊下去，深情地吻著她，最好把舌頭也伸進去。

　　這叫做「法式喇雞」，就是舌頭在對方嘴裡喇來喇去。油條教我的。也因爲是油條教導的，所以我沒這麼做。因爲我從來不相信他。

　　還記得有一次在宿舍裡頭搬穿了，暈得不得了，也吐了好多出來。死油條在旁邊幸災樂禍不打緊，偏偏裝著一副很關心我，很擔心的樣子。

　　『我聽說，有個方法可以解酒。』

　　「什麼？」我有氣無力的。

　　『把鼻子跟嘴巴捏起來兩分鐘，會好很多。』

　　我這個傻驢竟然眞的做了，不到一分鐘我就快窒息。

　　「你胡扯。」

　　『是眞的，兩分鐘後你會呼吸困難，就忘記酒醉了。』

　　「不信。」我說，「兩分鐘後你幫我叫救護車比較快。」

　　『不然還有一個，我認眞的。』

　　「再胡說我就吐到你身上。」

　　『眞的，舌頭舔一下自己的手肘，就可以解酒。』

　　我試了好幾個小時，始終沒有成功。最後我的確醒酒了，因爲我拿著掃把追著油條。我是眞的打算殺了他。

　　所以我不信他跟我說的話。也因此我沒有吻黃若琳。只是側低

著頭，看著她的臉。從一百三十度斜角往她的臉上看去，她的臉其實不是很圓潤，反而充滿了稜線，好像被什麼藝術家雕刻出來一樣。配合她耳上的裝飾，更顯得美妙莫名。

　　『你為什麼不問我，為什麼不介意？』

　　過了好一下子，她開口了，把出神的我拉回來。

　　「沒什麼。」我說。

　　『你也不想知道我要怎麼幫你慶祝生日嗎？』

　　「想。」我說，「當然想。」

　　『那你怎麼不問我呢？』

　　「因為我覺得，如果妳想告訴我，妳自然會說。」

　　『你真的是傻呼呼到極點了。』

　　她睜開眼睛，然後笑著。我發現，我只能記憶她的笑臉。只能記憶她的笑臉。

　　『我告訴你。』她又閉上眼睛。

　　『我希望這種記憶永遠留存你的心底。』她說。

　　『永遠都不會被剪斷。』

　　只能記憶她的笑臉。肯定，肯定就是因為那燙人的平底鍋了。我知道。

□

6

鳳兮鳳兮歸故鄉，遨游四海求其凰。
何緣交頸爲鴛鴦，胡頡頏兮共翱翔。
鳳兮鳳兮從我棲，得托孳尾永爲妃。
雙翼俱起翻高飛，無感我思使余悲。

　　　——司馬相如，《鳳求凰》

徒然爲妳感念相思，使我多麼悲傷。這樣的一番話，嘿嘿，也不知道可以說給誰聽喔？

于曉凰說，鳳凰的鳳是男生，凰是女生。可惜，傳說中，鳳凰永遠不能雙宿雙飛。永遠是一個追隨一個。

我跟小右去夜探陽明山的事，不知道爲什麼被彥伶知道了。隔天下課時間，彥伶坐在我旁邊，向我問起這件事。

「什麼也沒看到，只有黑夜，然後黑色，然後黑媽媽。」我說。

『黑媽媽是誰？』她問我。

「是小黑的媽媽。」小黑是系上認養的流浪狗。

『騙人。』她笑了，我也笑了。

「其實是小右的……朋友想去看看有沒有流星雨而已。」

我一時之間不知道該怎麼形容小護士，就當她是個朋友吧。跟自己的同班同學解釋這些，有些怪異。

『沒有看到流星雨，有沒有好可惜呢？』

「還好啊。」我說。

就算沒看到，就當作是人生的轉彎。去看流星雨也不見得就一定是目的。我這樣告訴彥伶，卻沒告訴她，這話不是我說的。

『這種說法很棒，我好喜歡。』她拿出筆記本，呼嚕呼嚕不知道寫些什麼。

「妳在寫什麼？」

『把這些話寫下來。』

「沒那麼嚴重吧？」

我看著彥伶娟秀的字跡在筆記本上飛舞著。我喜歡她的字，有種自得其樂，怡然的感覺。這樣形容很怪我懂，但看見她的字，就會覺得這些字是很稱頭地待在那個本子上，也就屬於那個本子了。

『那你呢？你是跟誰一塊兒去？』

「我？」我指著自己，「我跟一個學妹。」

『噢，學妹喔。』

「是啊。」

『沒有欺負人家吧？』

「當然沒有。」我挺起胸膛。

好球！她丟出了一個漂亮的變化球，而我揮棒的時間跟力道控制的剛剛好。越過了全壘打牆，這是個紅不讓。

『不知道這樣問好不好，是哪一個學妹呢？』她說。

「二十七號，黃若琳，妳知道嗎？」

『我知道，那個很可愛的學妹。』

「是的。妳問這個幹嘛呢？」

『只是想知道而已，想知道是哪個學妹跟你一起去啊。』

「原來如此。」

『我都不知道有獅子座流星雨呢，真可惜我也錯過了。』

「沒關係，北台灣應該都看不見吧，我猜。」

『看不見也沒關係，我也想去看不見一下。』

上課鐘聲響了，彥伶對我笑了笑，打開書本。我拿著菸走出教室外面，我知道已經上課了，但我突然好想抽根菸。這種任性我偶然會面對，就是我內心的理性以及堅忍不拔受到了某種程度的考驗。這個時候大概就是。

說不上什麼不愉快。只是聽見彥伶說的話，突然有點難受。看著她說這話的眼神，好像樹上剛摘下來的檸檬。沒有任何不愉快，這點彥伶始終處理得很好。

淺淺淡淡的，就像說著別人發生的事情一樣漠不關心。其實這樣的溼度，剛剛好會浸濕了我的理智。彥伶總是這麼溫柔，不會提出任何要求，更不會讓我難堪尷尬。也因為如此，我總覺得自己很壞。

　　我在廁所門口遇見了阿凰，哭紅了眼睛，我超級霹靂無敵訝異。怎麼最近我單獨碰見她的時候，總是在哭。是不是我跟她的八字不合，還是紫微斗數有所衝煞。

　　「妳……妳怎麼了？」我看著她。

　　『丐幫。』她看著我。

　　這樣妳看我、我看妳持續了幾秒鐘，我都忘了自己該進去上廁所。我彈掉手中菸的菸頭，菸屁股丟進旁邊的垃圾桶。

　　『丐幫，你給我一根菸好嗎？』

　　「菸？妳要抽菸？」

　　『拜託。』

　　我跟她坐在往地下室的樓梯間，這個時候所幸沒有人經過。否則真有點怪異。我拿了根菸給她，把打火機遞過去，看著她刷著火花。

　　「妳會抽菸？我真訝異。」我說。

　　『女生不能抽菸嗎？』

　　「可以，我從來不反對。」

　　基本上我是個十足的女性主義者，所以我從來不認同Lady first這種觀念。大家都是平等的，不需要刻意禮讓，即使禮讓，也不見得只需要禮讓女性，男性也可以禮讓。

　　「妳，心情不好嗎？」我問。

　　『心情不好才可以抽菸？』

　　「不，心情不好才會這麼憂愁的哭。」

　　『你看得見我的憂愁？』

　　「看不見啊。」

　　我覺得我們的對話越來越徐自摩，我都搞不清楚到底在說什麼了。我只知道，這個亮麗的女孩最近經常哭。哭不該成為經常性的，所以很不正常。

「跟男朋友吵架了？」我問。

『我不會爲了男朋友哭。』

「那……有什麼心事嗎？」

『我跟那個男人分手了。』

「妳剛才不是說不會爲了男朋友哭？」

『跟他分手我沒有哭。』她說，『不是爲了他。』

「那究竟是？」

『你覺得我是怎麼樣的人？』

我看著她，搖搖頭。

「我不知道。」我說。

『就憑你的感覺。』

「很漂亮，很有主見，大概這樣。」

『除了漂亮呢？』

「很多心事。」我說。

『你知道我爲什麼哭嗎？』

「不知道。」基本上，我已經試探性地問了很多次了。

『因爲我想哭，所以我哭。』

「這麼性情中人？」我差點跌倒。

『你們昨天去看流星雨喔？』

「是啊。」怎麼大家都知道了。

『因爲我錯過了，所以我很難過，就哭了。』

　　我不知道該說什麼，我只告訴她，我們也沒看到。原本希望這樣可以稍稍安撫她的情緒，沒想到說完之後，她對我點頭。然後繼續哭。

　　我也沒多說太多話，坐在她的身旁，也點起了一根菸。這樣的眼淚是爲了自己而流，我覺得滋味很棒。我的人生眼淚通常都不是爲了自己而流，多半爲了委屈。或者悲傷。

從來不曾記憶過自己，有像阿凰一樣這麼直率，想哭就哭。我有點羨慕她，卻又不知道這樣的羨慕究竟有什麼意義。

抽完菸之後，我跟她一起走回教室。走在我身前的她，隱隱約約從悲傷中釋放了。

『去哪了你們？』彥伶低聲問我。

「沒，我去上個廁所，遇見阿凰，她在哭。」我說。一邊翻開課本。

『她怎麼了？』

「沒事，她說想哭就哭，不需要原因。」

『真羨慕她。』

「我也是。」我說。「上到哪裡了？」

『我幫你做了筆記，在這裡。』她指著我的課本。

「謝謝妳，沒有妳我真不知道該怎麼辦。」

『不要客氣。』

那堂課我終於沒有認真聽講，有點對不起老師。整個人不知道遊蕩在哪個空間裡面，渾渾噩噩的。小右今天沒來上課，我想他大概在房間睡死了，所以早上也沒叫我起床。有點奇怪，但是又覺得理所當然。

昨天離開陽明山晚了，學校的宿舍已經過了門禁時間。我把學妹送回她們班在外租屋的同學的地方之後，就回去休息。小右則送小護士回林口。

一直到我睡了，都還沒回來。

『下禮拜要交報告，四個人一組。』彥伶打斷我的發呆。

「什麼時候說的，我怎麼不知道？」

『上禮拜啊。』

「糟糕，現在找組員來得及嗎？」

『不擔心，我跟你，小右、阿凰一組。』

「報告內容是什麼？」

『我跟阿凰已經做好了。』

「什麼？」

這個什麼後面不應該加上問號，而是六百八十七個驚嘆號。我什麼東西都不知道，報告就做好了？

「這是什麼時候的事？」

『呵呵。我明天把報告拿給你看，應該是沒有大問題。』

「妳做的報告，當然不會有問題啊。」我說。

『你真會說話。』

「真謝謝妳，也對不起我這麼混，這麼糊塗。」

『不會，應該的。』

謝謝妳，彥伶。如果沒有妳的幫助，當然，我不是說單純實質上的幫助。假如沒有妳，這個世界會少了很多溫暖。我大概也會在人生某個階段，缺乏養分而因此枯萎。

「對了，妳怎麼知道我昨天去看流星雨？」

下課的時候，我一邊收拾東西，順口問了彥伶。阿凰坐在前面兩排，好像聽見了，回頭看了我一眼。然後什麼反應都沒有就走出教室。

彥伶看了我好一會兒，好像很慎重似的深呼吸了一口。

『是阿凰告訴我的。』

「阿凰怎麼知道的呢？」我更好奇了。

『昨天，她打電話給小右。』

「我怎麼不知道？」

後來我才知道，阿凰原本想約小右一起吃飯。只是沒有成功。原來，阿凰的眼淚也不是為自己而流。也為別人而流。那個別人，是小右。

□

當一個人說話時眼睛往左上方看的時候,代表回憶起某個畫面。老實說,我說話好像總是往左上方看。不知道,我都想起些什麼呢?當我努力回憶的時候我想起了彥伶那乾乾淨淨,什麼都沒有的耳垂。我記憶中的彥伶,耳朵上沒有飾品。有一次我無意間問起這件事,那天陽光很大。

『我怕痛。』彥伶說。

「我也是。」我哈哈笑著。

每個人都怕痛,只是痛的程度有所差別。最痛的感覺,眾說紛紜,有人說是孕婦分娩最痛,有人說尿道結石最痛,也有人說車禍截肢最痛。

我運氣很好,不用懷孕,也還沒尿道結石。我的四肢安好,雖然動起來跟有缺陷沒什麼兩樣。

對我來說,最痛的痛,就是說不出口的痛。

我知道了去陽明山那天,阿凰有打電話給小右,回宿舍之後,卻怎麼也沒辦法開口詢問小右。

一直到凌晨,小右才從房間走出來。跟我拿了根菸,拍了我的肩膀,示意我跟他一起去陽台抽菸。很冷了現在。我多半都在客廳抽菸。

「下禮拜要交報告。」我說。

嘶出一口濃烈的菸。紅色萬寶路九毫克。

『什麼時候的事?』

「二○○一年十一月。」

『謝謝,這個回答太好了,我都快哭了。』

「別擔心,阿凰跟彥伶已經幫我們做好了。」

『是嘛。』

「就這樣？你不覺得很感動？」

『覺得。』

「那是不是應該多說點話表達一下感動？」

『大道之行也天下爲公選賢與能……』

小右開始背起了禮運大同篇。我眞服了他。還眞是「多說點話」。

「昨天去哪裡了，搞這麼晚？」我問。

『告訴你，你別跟饅頭說。』

「這麼神秘？說來聽聽。」

『先答應我。』

「好啦，我不說，保證不說。」

『發誓。』

「如果我說出去的話，小雞雞爛掉。」

『這個好。』他笑著：『我昨天在她那裡過夜。』

「喔？」我瞪大眼睛，「然後咧？」

『就那個了。』

「那個？」

『哇咧，還要我說這麼明白。』

性行爲、上床、做愛、交配、交媾。突然間好多畫面在我腦中奔跑，我有點害羞。

『什麼交配，你當我是流浪狗喔。』

「什麼感受？」我興奮地。

『拜託，你不會還不知道吧？』

「誰說我不知道，我只是想聽你分享。」

男生兜在一起就是無聊，這樣的對話會在男人的生命中不停重複。直到哪一天，連看到短裙辣妹都心如止水的年紀才會停止。

『老闆，手腳也太快了吧。』

『哇靠，你在那邊偷聽？』小右回頭看著饅頭。

『老闆，我一直都在這裡，哪有偷聽。』饅頭單手撐著牆。

「快說啦，什麼滋味？」我把菸丟給饅頭。

『祕密。』

『還祕密咧，你騙我們三歲小孩子喔。』

一陣打打鬧鬧，我好像也看出今天的小右不大一樣。也不是紅光滿面，但是言談中有一種自以為男人的蠢樣。

我還是個處男，而且是經過國家認證的。只差沒有拿到處男執照而已。

「你會跟她結婚嗎？」我問。

『拜託，上床就要結婚，會不會太老派？』饅頭搖頭訓斥我。

「我只是好奇。」我說。

『不知道，老實說，即使沒有上過床，我也想跟她結婚。』

「你真的愛上她囉？」我問。

『當然。』

關於阿凰的事，我始終沒有開口。這樣的氣氛下，不知道該怎麼說才好。

離開陽台，我打開電腦，上MSN。昨天我跟黃若琳要了她的MSN帳號，還沒時間加入。加入了，好像也不知道該說些什麼。

『學長嗎？』

一個暱稱是「好美的流星雨」丟我訊息。暱稱前面有一朵花。

「你是學妹？」我用最快速度回應。

『是啊，果然是你，你的暱稱好糟喔。』

「會嗎？」

我的暱稱很糟，真想叫大家來評評理。

「肚子好餓，想把滑鼠烤來吃。」會很糟糕嗎？這不是很正常嗎？

『真的很糟，你吃掉滑鼠，電腦會哭喔。』

「誇張了，我不會真的吃掉啦。」我打字飛快。

『學長，你有出國過嗎？』

我？我想了想。

「去墾丁算不算？」

『墾丁哪算出國啊？』

「有很多外國人啊？」

『我是說真的出國。』

「沒有。:(」我加了一個哭喪臉的符號。

『不哭不哭，有機會的。』

「希望吧。」我看著螢幕，「妳有出國過？」

『有啊，我想去美國唸書。』

「真的嗎？好厲害。」

『會厲害嗎？你過獎了。』

「我只知道會有時差。」我打出哈哈的表情符號。

『沒關係，到時候你再告訴我台灣的時間。』

「告訴妳台灣的時間要幹嘛呢？」

『這樣我才知道如果我在台灣，會做些什麼啊。』

「好，我會告訴妳的，放心。」

『約定好了喔！』

「約定好了。」

『那……我們來預習一下。』

「怎麼預習？」

『你那邊幾點？』

「我這邊……」我看了看手錶，「晚上十一點半。」

『哇，好晚了。我這邊還是早上呢。』

「妳那邊幾點呢？」

　　她始終沒有回應我，一直到我關電腦。我想，她大概跑去忙了，或者電腦有問題吧。我怕她會突然回我，所以不大敢離開電腦螢幕前。也因此在電腦前面呆坐了一個晚上。

　　我覺得自己真是個白痴，打電話給她不就好了。只是，我覺得這樣的預習沒有完成，就怪怪的。

　　我就等了。反正也只是等待而已，沒什麼大不了的。等到手機沒電的聲響把我吵醒，我才發現自己在書桌上睡著了。拿起手機，

準備換電池。

『你有一封新訊息』。

我大大打了一個哈欠，從椅子上站起來，伸了一個懶腰。趴了整個晚上，肌肉酸痛的要命，好像有人雞爪釘勾住了我的背，然後把它固定在懸空的峭壁上，接著重重朝我的脖子打了兩拳。

我趕緊去洗了個澡，小右在客廳裡頭看電視，翹著二郎腿。我瞄了他一眼，就往浴室跑。

『等一下。』他說。

「有事待會兒再說。」

我走進浴室，先朝馬桶坐下去，打算解放一下。等我順利完成這人生的大事，也清除了我滿肚子負擔，才發現馬桶按下去，一點反應都沒有。

「馬桶壞了嗎？」我對著外頭大喊。

『現在停水，下午才會來。』小右說。

「你怎麼不早說？」我打開浴室門大吼。

『我剛剛要說，你要我待會兒再說。』

「去你的。」我大吼，「幫我拿衛生紙。」

『不要，誰叫你要罵我。』

「幹嘛這麼小家子氣，拿一下啦，沒衛生紙了。」

『你先道歉。』

「對不起。」

『好乖。』

走出浴室之後，我帶著一天沒洗澡的臭味，坐在小右腿上。

『哇賽，我的腿要斷了。』

「不會吧，我這麼苗條輕盈。」

『你輕盈，饅頭都可以當名模了。』

「你趁他在睡覺偷講他壞話。」

『下去啦！』

我離開他的大腿，無奈地看著電視，等待兩個小時以後才會來的水。

『晚上要不要一起去吃飯。』小右問我。

「跟誰？我們自己嗎？」

『我們三個，加上阿凰。』

「阿凰？」我轉過頭看著小右。

『是啊，她昨晚打給我，問我今天要不要一起吃飯。』

「找我們一起嗎？」

『她沒說，我想人多熱鬧點。』

我好想問他那天去看流星雨，阿凰是否也如同這次一樣打給他。終於我沒辦法說出口。好像這麼說出來，就會帶給小右很大的困擾一樣。

「好，我去。」我說。「要不要找彥伶一起來？」

『好啊。』他說，『順便感謝她們幫我們做好報告。』

我進房裡，拿出手機準備撥給彥伶。才發現剛才那通簡訊，我還沒有閱讀。我猜想，大概又是什麼垃圾簡訊吧！

『黃若琳

我會記得你，永遠記得。因為你讓我哭了。』

□

啤酒屋的老闆是個很奇怪的人。我很少看到有啤酒屋的下酒菜是水餃、四神湯以及地瓜葉。不過也因為如此，我們才會選擇這間啤酒屋。

晚餐的時候，路上學生挺多的，現在回想起來，那一幕幕都是

大學的風景，而當時的我習以爲常。

　　彥伶最先到，在我們之前。都因爲饅頭出門拖拖拉拉太久，其實我們到啤酒屋，走路不過十分鐘。我們坐在店門外的椅子上，雖然有些冷，但是舒服。阿凰也到了之後，我們才點菜，我就是點先前提到的水餃。大家有一搭沒一搭的聊話，饅頭口角生風，讓場面相當熱絡。

　　相較之下，我就有點脫離。左手不停摸著口袋裡頭的電話。我猜想，那封簡訊代表什麼意思呢？我急切地想直接撥電話給學妹，然而我理性而拘謹的個性在這個時候拉住我，於是便產生了跟這個世界脫離的聯繫。

　　這麼說或許有點奇怪，事實卻正好如此。我待在一個吃飯的場合，人卻留住了，在某個虛擬的環境。於是我有點心不在焉。

　　『丐幫，你在發什麼呆？』阿凰拿著杯子看著我，我才發現大家都舉起杯子。

　　「晃神而已，沒什麼。」我趕緊舉起杯。

　　『你還好吧？』彥伶看著我，表情透露出擔心。

　　「沒事，現在慶祝什麼？」我小聲地。

　　『不知道咧。』彥伶吐舌對我笑了。

　　我抓住點機會往小右以及阿凰的位置看去，阿凰表情自然不造作，穿著白色紗質上衣，配著牛仔短裙，說不出的俏麗亮眼。我想他們之間理當沒有什麼，至少感覺起來如此。

　　『慶祝大家擁有美好的青春！』饅頭舉杯吆喝。

　　『慶祝我們可以吃到東西！』小右呼喊。

　　「慶祝……我們都有啤酒可以喝。」我說。

　　大家乾杯的聲音，在熱鬧的啤酒屋外頭，並不會引起路人注意，不算太囂張，太大聲，卻在我們的歲月裡劃出一道口子。

　　「謝謝兩位漂亮的姑娘替我們完成報告！」我說。

『真的很感謝你們，沒有你們，真不知道該怎麼辦。』小右說。

『太客氣了，你們事忙，這點小事應該的。』阿凰笑著。

是我錯覺吧，我總覺得這話有弦外之音。我尷尬地看著彥伶，她還是溫柔笑著。

『既然如此，我看你們兩個只好以身相許了。』饅頭笑著。

『這樣也太委屈我們了吧！』阿凰接著說。

「不要這樣，我們也算一表人才。」我趕緊替自己說點話。

『呵呵，你們是人才，那我們兩個呢？』阿凰挽起彥伶的手。

『郎才女貌，你們當然是美女啊！』饅頭說。

『說得好，喝一杯！』阿凰舉起杯子。

我們都跟著舉杯，阿凰杯裡也是啤酒，只有彥伶喝茶。乾杯吆喝聲中，我發覺在昏黃的燈光下，阿凰的臉越來越紅。酒酣耳熱，大家就聊開了，分成兩組。

我跟彥伶自己說些沒啥意義的話，多半都是我怕她無聊硬扯出來的話題。另外三個人一組，饅頭對阿凰似乎相當熱切，小右在中間當擋箭牌，刻意營造出不讓饅頭接近阿凰的感覺。

『今天的氣氛真好。』彥伶對我說。

「是啊，剛好不太冷，東西也好吃。」我說。

『你們的酒量真好。』她說。

「酒量好不好不知道，酒膽真的不錯。」我笑著。

『你們三個感情真好，住在一起應該很有趣。』

「那是妳們沒看見黑暗面，說出來嚇死妳呢。」

『誇張。』

油條也到了，頂著大光頭，一坐下就開了罐啤酒。簡單的自我介紹之後，他們那邊繼續熱絡，我們這邊閒聊。

『我也期待有一天可以有室友呢。』

「喔?你沒有外宿過?」

『幾乎沒有。』

「室友要慎選啊,真的。」

『如果可以像你們一樣,那就很好啊。』

「勉強啦。」

油條提議回宿舍續攤。阿凰走起路來跟跟蹌蹌的,明顯已經有些喝醉了。

「要不要早點回去休息?看阿凰好像有點茫了。」我說。

『雖然我有點暈,但是我是清醒的。』阿凰堅持。

吹著晚風,我們五個慢步走回宿舍。我走在小右身後,彥伶在我身旁。彥伶的身高頗高,在我身旁顯得我有些不稱頭。

「我第一次發現,其實妳很高。」我說。

『認識這麼久,現在才發現?』她笑著。

「沒辦法,我太不敏銳了。」我尷尬地。

『可能我經常駝背吧。』

「那今天呢?為什麼不駝背?」

『心情好啊!』

彥伶笑著,側著頭看我,眯著眼睛。這個時候的她,感覺跟平常不同。

回到宿舍大家在客廳裡閒聊,從天氣聊到學校,又聊到家庭。時間就這麼緩慢而快速的前推,緩慢是因為酒精,快速是因為現實。酒精與現實始終是天秤的兩端,也因此造成了很多矛盾。

『我可以去你房間看看嗎?』彥伶問我。

「我房間?什麼都沒有,妳要看是無所謂啦。」我說。

『我也要看!』阿凰扯著喉嚨。

我第一次知道,即使是美女,喝醉了說話也會很大聲。就像帥哥放屁也會臭一樣。

　　我打開房間的門，電腦還開著，我沒有隨手關電腦的好習慣。還好我不是個邋遢的人，房間說不上頂整齊，至少乾淨。

　　『哇，真乾淨，不像男生的房間。』彥伶說。

　　「還好啦，過獎了。」

　　『想看男生的房間嗎？』饅頭奸笑，『請到小右房間。』

　　『好，我要去！』阿凰興奮地。

　　其實小右房間一點也不亂，只是東西很多。阿凰看見小右房裡的吉他，興奮地要小右彈個曲子來聽。小右陷入進退維谷的局面，盛情難卻之下，拿起吉他。

On a dark desert highway, Cool wind in my hair .

　　加州旅館（Hotel California）是學吉他的聖經。小右的技巧不算好，聽得出來有點生澀。但我也是第一次聽見小右唱這首歌，跟他平常在廁所裡面被屠殺的聲音不一樣，也許因為喝了酒，也許因為有外人在我們不會隨意吐槽他，也因此他認真地刷著琴弦，嘶啞的聲音和著音樂。

Welcome to the Hotel California, Such a lovely place .

　　我們安靜地聽小右表演。我第一次看見這樣的小右，才發現這個傢伙的層次好多。認識了這麼久，只看見某個角度的他。

　　很迷人，即使是我，都這麼覺得。阿凰看著小右的眼神，除了有酒精的迷濛，還有說不出來的悲傷。我不知道是否是我的錯覺，這樣的悲傷很明顯，怎麼其他人看不出來？今天應該會是個很特別的日子。我猜。

　　『謝謝大家。』

在掌聲中，小右結束了。奇怪的是，阿凰的悲傷表情消失了，好像剛才的她與現在的是截然不同的兩個人一樣。我想不透。

『我們該走了。』阿凰的聲音充滿了平靜。

『不多留一下嗎？』油條說。

『晚了，謝謝你們。』

我轉過頭看著彥伶，她對我點點頭。

「現在沒有車可以坐了，要不要我們載你們回去呢？」我說。

『好啊，那就麻煩你們了。』彥伶說。

我跟小右拿了車鑰匙，準備出門的時候，阿凰制止了小右。

『你喝多了，讓江宏翔載我吧。』她說。

『他喝的不比我少吧！』小右訝異。

『沒關係的，你休息吧。』

小右狐疑地看著饅頭，饅頭聳聳肩，表示不知道發生什麼事。我拍拍小右的肩膀，暗示他堅持下去。

『不，我看還是我送妳好了。』

「對呀，這樣比較妥當。」

阿凰沒有開口反駁，我好像看見了她眼中閃過一點憂傷。跟剛才聽小右彈吉他的時候很像。彥伶跟阿凰住在不同的地方，一個在師大路，一個在新店。所以我們一起出發沒多久，就各自前往目的地。

在路上，我跟彥伶談及了小右以及阿凰的事。

「他們之間，是不是有點怪怪的？」我說。

『應該吧。』

「妳似乎也不是很了解阿凰現在的想法，對嗎？」

『不，我很清楚。』

「那妳怎麼都不跟我說？」我好奇。帶點抱怨。

『你想知道原因嗎？』

　　我點頭，在我後座的彥伶肯定看得見。但她沒繼續說下去，我也沒繼續追問，直到下車。

　　『揭曉囉。』

　　「阿凰的事？」

　　『是的。』

　　時間越晚，風吹在臉上就越冷。很多東西拖晚了，溫度就低了。她告訴我，因為她知道這樣的祕密會帶給別人困擾。這個別人也許是小右，或者是知情而不得不告訴小右的我。所以她選擇不說，就讓困擾給阿凰，以及她自己承受。

　　這樣不會傷阿凰的心嗎？我問她。

　　『總有人要傷心的。』她說。

　　『自己傷心，也不想傷別人的心。我跟阿凰都是如此。』

　　回程路上我想了好久。不想傷別人的心這種說法，我不是沒想過。但是要做卻很困難。

　　我跟彥伶說過，我不是個很敏銳的人，所以很多東西我會在很久之後才會發現。不知道這是好還是壞？至少，我終於會發現。

　　就如同現在，我才發現原來彥伶這話，除了替阿凰下個註解。也代表了她自己。只是愚蠢而笨蛋的我，沒有發現而已。

　　那天回到宿舍，已經三點多了。宿舍門口被貼了一張紙條，上面寫著：『請勿在夜半時分練習吉他擾民。』

　　我把紙條撕了下來，扔進垃圾桶。當然我是感到抱歉的，但是我想告訴那個被我們打擾的樓友。對不起，這是我青春中很重要的一件事。即使打擾到你，很抱歉，但它必須發生。這才是我的人生。

　　回到房間，小右還沒回來。我晃動一下差點被我烤來吃的滑鼠，螢幕變亮了，然後，有個人丟我MSN訊息。

□

『我們都像夏天放在桌上的冷飲杯。』

黃若琳給我的訊息,幾個小時之前。現在這麼回想有點多餘了,但對我來說,看見她的訊息,是幸福的。快樂的。

這個女孩相當特別,從認識她開始,每天都有驚奇,每次對話都讓我無法忘記,不是我記憶力好,而是太難忘。遇見這樣的人,在生命中,究竟是好事,還是壞事呢?

「我比較像冬天在冷凍庫的冰棒。」

我在電腦前等了幾分鐘,沒有回應,我想她等太久,去睡了。於是我去浴室梳洗,油條在客廳昏倒了,像個流浪漢。饅頭躺在他腳邊,這畫面我習以為常,只丟了兩件外套在他們身上。

洗好澡出來,小右正好開門。

「現在才回來,阿凰住在綠島嗎?」我問。

『小事耽誤了。』小右點了菸,坐在油條的頭旁邊。

「啥事耽誤?」

『阿凰哭了,我在安慰她。』

「你……欺負人家?」

『怎麼可能呢,我是正人君子。』

「發生什麼事到底?」

小右搖搖頭。

『她告訴我她自己的一些事,然後就哭了,我也沒辦法。』

「你不覺得,她好像對你有點感覺。」我小心翼翼。

『你當我笨蛋嗎?當然有。』

「那你……覺得該怎麼辦?」

『能怎麼辦?大家都是同班同學。』

「她很正咧。」我說。「可惜眼睛有缺陷。」

『你什麼意思！』打火機在我臉上降落，有痛喔。

「我怎麼想都覺得不可思議。」我老實說。

『我也覺得啊，唉，真奇怪，我也不知道該怎麼辦。』

「你會考慮跟阿凰在一起嗎？」

『不會。』小右說，『因為我有小護士了。』

「噢。」我點頭，「這樣也對。」

『可惜阿凰這樣的狀況出現太晚。』

是啊，這是種可惜，人生的錯綜複雜很難說的。如果時間稍微調動，也許就不一樣了，但，怎麼可能呢？我在客廳陪小右抽了根菸，一邊聽兩個畜生的鼾聲一邊鬼扯。小右很煩惱，我從他臉上的表情就看得出來。

『如果因此而煩惱，你對小護士就太不公平了。』

油條閉著眼睛說話，我跟小右同時望向他。

『愛情不應該有選擇題，這樣不只傷害對方，有一天你會發現，真正受到傷害的，絕對是自己。』

油條不知道在說夢話還是真的跟我們對話。他的行止一直都很難猜測，姑且當他胡亂說的好了。其實我不懂，我的愛情學分不及格。

『給我一盤炒麵。』油條繼續說。

「瘋子。」我說。

我回到房間之後，才發現黃若琳又丟我訊息。

『你是什麼口味的冰棒？』

「吹風機。」

啊呀，我送出去才發現，我一邊吹頭髮，手竟然打出吹風機三個字。其實我想說些正常點的東西。

『哪有吹風機口味的？』她打了一個疑惑的表情。

「我打錯了，抱歉。」

「怎麼這麼晚還沒睡？」我趕緊補上。

『睡不著，所以又爬起來了。』

「是嗎？冷飲杯是什麼意思？」我真的不懂。

『就是放冷飲的杯子啊，笨蛋。』

「這個我知道啦，哈哈。」

『你不懂嗎？』

「不懂。」

夏天放在桌上的冷飲杯，都是孤單地站著。然後淚流滿面，等待著有人把自己捧走。

「我懂了，所以我比妳可憐。」

『為什麼？』

「因為妳放在桌上，總會被人發現。而我，被遺忘在冰箱，非得等到多天過去，冷凍庫裡的我才會被想起。」

天啊，我什麼時候變得這麼文謅謅？真不敢相信，我想，這種內在的東西，是會被激發的。跟黃若琳聊天，不知不覺就會說出一些平常不說的話。等了好久，我的頭髮都吹乾了。

『真的，你比較孤單。』

「謝謝。」我還很得意呢。

『你不願意跟我一起當冷飲杯嗎？』

「冷飲杯？」我沒事當冷飲杯幹嘛？

『是啊。』

「好啊，那有什麼問題。」

我又等了很久。已經把吹風機的電線捲好，收到櫃子裡頭。

「對了，妳傳簡訊給我，妳還好嗎？」我說得是今天早上看到的那封簡訊。

『我沒事。』她給了我一個笑臉。

　　大概是從那個時候開始，我覺得這個笑臉符號很討厭。雖然笑著，總讓人感覺到不真誠。慢慢地我發現，這個符號雖然討厭，但就因為給我這樣的感覺，而顯得好用。

　　如果我想假裝笑臉，如同在這個世界上總是需要假裝。我就會想起這樣的符號，心裡就會舒服多了。至少有個東西可以代表這樣的情緒，不需要文字。

　　「妳，為什麼要哭呢？」我試探地問。

　　『學長，我怎麼叫你比較好，都叫學長感覺很有距離。』

　　「我？你叫我米漿好了，大家都這樣叫我。」

　　『米漿，好特別喔。』

　　「是啊，我室友無聊亂取的，沒有什麼特別的意思。」

　　大概就像藝人取藝名，作家取筆名一樣，沒有太大意思。

　　『米漿，你會不會覺得我很囉唆？』

　　「不會啊，怎麼會呢。」我一邊打字一邊搖頭。

　　『我常覺得如果我不囉唆的話，這世界會安靜點。』

　　「不擔心，這世界夠吵了。」

　　『后，你轉個彎嫌棄我！』她打了個憤怒的表情。

　　「不是這個意思，哈哈。」

　　『這麼晚了，你該睡了。』

　　我打個呵欠，是啊，的確該睡了。假日結束，明天又得去學校。

　　「那妳也早點睡吧！」

　　『我還不想睡。』

　　「不睡？那怎麼行，明天會起不來喔。」

　　『我覺得睡覺太浪費生命了。』

　　「不會啊，睡覺是為了累積生命的能量。」

　　『那是對有很長的生命的人而言。』

「所以要有很長的生命，就要早點睡囉。」

我又等了好久，我想大概會像昨天一樣，等到最後沒有回應。差不多要放棄的時候，黃若琳又丟了一個訊息過來。

『不知道你睡了沒，但是，我想跟你說。』

我還沒來得及回應她，正在打字的時候，她丟了很多字。我看傻了，腦袋空轉。

『我在宿舍裡，不能出去，但我現在好想去外面走走。』

『外面的空氣如何呢？會不會比較清新？』

『我清楚，明天一早我就可以知道了。但我現在忍不住這麼想。』

『你知道這種感覺嗎？』

我抓準時機，打了「我知道」三個字。送出去。

『你嚇到我了，米漿。』

「對不起。」我丟了一個不好意思的符號。

『沒關係。』又是那個討厭的笑臉。

我們開始天南地北的聊，都忘了明天還要上課。她是個很好聊的女孩兒，幾乎什麼話題說起來都有趣。當然也可能是因為我喜歡跟她說話的關係。

不知怎麼搞的，我竟然跟她聊到比較私密的話題。當然也不至於太露骨，所謂私密只是說到愛情而已。

「我覺得，愛情有點困難。」我說。

『是嗎？我覺得就因為難，才是大家追求的。』

「妳覺得愛情應該是如何呢？」

『假如我想拍一部確實只有性的電影，我會拍攝出一朵花開出另一朵花；而最好的愛情故事就是兩隻在同一個籠子中的相思鳥。』

她這麼告訴我。我定在當場不得動彈。當時我還不知道，這是

安迪‧沃荷說的話。等我自己讀到這段話，已經是很久之後了。也許，黃若琳說過這話之後，很快就忘了自己曾經這麼告訴我。可是，我沒有忘記。也不能忘記。因為我就是那個籠中鳥。可惜，籠子裡面怎麼找都只有我自己一個人，而我知道，我把自己關進那個偌大的籠子，就是在這個晚上。

後來的我因為疲憊加上酒精，意識已經有些不清楚。隔天我也中午才到學校。睡前我跟她道晚安，她告訴我，應該是早安了。

「是嗎？」我打字也慢了。

『是的。』

「那早安。」

『告訴我一件事，米漿。』

「嗯。」

『你那邊，現在幾點？』

清晨五點十七分，已經聽得見鳥叫聲。我告訴她，她給了我那個討厭的笑臉。

「妳呢？妳那邊幾點？」

『我這邊的時間，永遠跟妳不一樣。』

同樣的笑臉在她的話後面。這次就沒那麼討厭了。我看著她的暱稱前面那朵花，我想，會不會有一天，那朵花真的開出另外一朵花。

會嗎？妳會告訴我嗎？

□

7

這世上有種東西越是倒數，非但不會靠近，
而是越來越遠。
那東西不是時間。而是距離。

　　我有機會遇到黃若琳，總忍不住想問她，究竟是想到了什麼可愛的方法替我過生日，但這種想法沒有付諸實行。畢竟這話只是某天某個時段無意間說到的，我深怕我記住的會是人們所遺忘的，那就很糗，偏偏我又時常把這種無關緊要的東西牢牢記在心裡，有點多餘了。

　　這種多餘的感慨說起來就像小時候家裡那個老邁的冰箱，偶爾秀逗了冰在裡面的飲料拿出來都是湯汁。我突然想起黃若琳說的，我們都像夏天放在桌上的冷飲杯，為什麼夏天就必須要放在外面流淚呢？誰能告訴我？

　　彥伶不能告訴我，如果我這麼問她，她肯定會溫柔地笑著，帶著光芒的眼神總讓我覺得很舒服。

　　『邦雲，我會把你放進冰箱，不要怕。』

　　我想她會這麼告訴我，為什麼？為什麼她始終要這麼溫柔對待我呢？

　　想不透的事情很多，就如同有一天下午，小右突然開著一台中古的喜美K8出現在我們面前。

　　「誰的車？」我問。

　　『你哪裡偷的？警察追來了？』饅頭說話一向如此中肯。

　　『我買的。』

　　「你神經病！」我大吼。

　　宿舍這裡附近都是工廠，以及學生套房，我想很難找到地方給小右停這台看起來很「沙啪」的車。「沙啪」是饅頭以及油條的術語，總之代表了有點囂張的帥氣。小右拿著車鑰匙的神情看起來相當堅決，我不懂他哪裡來的勇氣，在這個時候自己買了車。買車容易養車難，這件事我們從學會偷翻女生裙子就知道了，怎麼這小伙子卻不明白。

　　我大概了解，一切都為了小護士。聽說小護士的工程師男性好

友，就是個四輪族。

「你怕什麼？你可以跟小護士說，你的是敞篷跑車啊！」我說。

『沒錯，還有主動轉向頭燈，人體安全帶。』

『這只是一種衝動，我比較衝動，就這樣。』

「這不是比較衝動，是非常衝動。」我嘆氣。

說了也沒用，成了既定事實，我們就享受小右這台車。當時我們充滿了懷疑以及驚訝的時候，恐怕不會知道，未來的我們，很多記憶都建築在這台車上。

我很難忘記那種滋味，就像被什麼捆綁在車輪上，不停轉啊轉，永遠離開不了車輪的快樂以及痛苦。

我也需要衝動。在小右的說法映證之下，我也想如此做。可惜，我在MSN上面，好多天遇不到黃若琳。好像她突然間從我的聯絡人清單中消失了一樣。我悵然若失。

那幾天總有什麼東西卡在我的喉嚨一樣，想說話都有點懶散。

『邦雲，你今天心情不好？』

「不會。」

這樣的對話，從彥伶口中說出來。持續了很多天。中午吃飯我習慣找饅頭、小右一起，當然饅頭偶爾不會出現。我也偶爾會約彥伶一起吃飯，很單純的。

『我們該去哪個餐廳好呢？』彥伶聽到我的邀約，總會這麼回應我。

「隨便吧，都可以的。」我總不放在心上的說著。

後來我才知道，只是這麼簡單的吃個飯，對彥伶來說竟然像是什麼頂呱呱的決定一樣，我習慣忽略的東西，在另外一個人眼中卻是看得比什麼都還重要。是否我也在某些地方成為了這另外一種人？

　　誰知道。我只想到饅頭在客廳裡面，拿他養的白紋鳥掉的羽毛，去搔小白鳥的鼻子，而小白鳥還轉過頭瞪他的表情。好像那個夏天剛經過而已。

　　我其實很害怕這樣的夏天，應該過不久我的生日就要到了。我很少過生日，第一次大學的生日，連我自己都快要忘了那一天。其實這麼說很牽強，也很不老實，只是孤單慣了的我，如果不學著遺忘那一天的話，我想孤單的感覺會壓得我肩膀都長出天線寶寶。

　　那一次很特別，也因此我不會忘記。小右跟我，饅頭三個人，說要去淡水吃晚餐，我知道他們是瘋子，所以也沒打算做多餘的不必要的抵抗。淡水好遠，騎機車從新莊過去要花一個小時。

　　我在淡水遇見了油條，天知道他是怎麼蹺出來的，我記得他住宿，身為一個警察學員，可以蹺出來是很不尋常的。他們什麼都不說，異常安靜地吃完了晚餐，還記得那是個很不起眼的海產店，老闆是個肚子比籃球還大，說話好像打雷的中年男子。

　　吃完了晚餐之後，我們四個，三台機車，再從淡水騎車到桃園。簡直是瘋子，當天晚上我的機車加了兩次油，不知道這種心路歷程可不可以申請國賠。

　　我們到了桃園的觀光夜市，不是假日所以裡頭沒啥人，連攤販都有氣無力好像明天就是世界末日，大家發了狂的休息閒聊，只差沒有在旁邊擺起麻將桌，然後幾個攤販約一約在旁邊摸個四圈。

　　我們到了一個遊戲攤子，是拿乒乓球丟進前面的玻璃瓶子。油條付了錢，就提議我們四個比賽。老闆是個年輕人，年紀不會比我們大多少，感覺就是剛退伍的小伙子，我們拿起乒乓球還很熱心跟我們解說丟擲的技巧。

　　『老闆你真熱心，不怕虧錢？』饅頭笑著。

　　『不會，你們玩得開心比較重要。』

　　「那我們幾分可以拿到禮物？」我好奇。

『零分都有，不要擔心。』老闆說。

我們分成兩組，我跟油條，饅頭跟小右。最後結果誰贏了我忘記了，我只知道，老闆在看到我們手跟殘廢沒兩樣的表現後，還不停塞更多的乒乓球到我們的籃子裡。簡直是佛心來的。

一個人花了一百塊，我卻好像丟了整攤子的乒乓球一樣。旁邊的小孩子看了也想參與，結果小朋友似乎搞錯了對象，竟然拿乒乓球不停往老闆臉上、身上丟，可是老闆都不生氣，還拼命塞球給小朋友，如同塞球給我們一樣。

『老闆，你是在做慈善事業嗎？』油條問。

『都一樣，我們帶給大家歡樂，你們花錢就是買快樂。』

最後結果，我們都很遜，但是老闆還是給我們滿手的玩具。油條告訴老闆，今天是我生日，我嚇到了，我想老闆也是。也因此，我多拿了好多的玩具，差點沒辦法帶走這麼多。

「幹嘛跟老闆說我生日？」我問他們。

『你笨蛋，這樣會多很多禮物。』小右說。

「大老遠跑來拿這些禮物？」

『是啊，我們不知道送你什麼，就送你童年的回憶。可以嗎？』

可以啊。雖然很累，但是我相信我不會忘記。那些東西現在都在我的櫃子裡面，他們幾個一定以為我拿到之後，很快就會丟棄。錯了，我早就學會把很多東西收起來，不要丟掉了。

回想到那個時間，我就覺得為什麼日子過得這麼快。我都還來不及收拾好那些玩具，大學第二個生日就快要到了。這段時間裡面，我跟彥伶相互依存的關係越來越緊湊。尤其到了考試的時候。

最誇張的，彥伶跟阿鳳會被小右留下來，在宿舍裡面教我們考試內容以及考前大猜題。我跟小右都不算認真，尤其小右，總是不見人，當看不見他的時候，多半都可以在林口找到他。

期中考前，彥伶跟阿凰又被我們留在宿舍為我們惡補。我對彥伶很不好意思，畢竟她不是個可以經常外宿的女孩。阿凰則是不置可否，好像過不過夜都不是什麼嚴重的事，而她對小右的那種悲傷，似乎不見了。

「你們肚子會不會餓？」雖然時間緊迫，我還是忍不住問了。

『你餓了嗎？』彥伶瞇著眼睛看著我。

「有點。」放屁，其實我餓得可以吃下兩台摩托車。

我跟彥伶到學校對面買開到很晚的鱔魚麵，小右跟阿凰留在房間。不知道是不是我刻意，我覺得給他們一點時間比較好。也許某種程度上，我是站在阿凰那邊的。

『進度還可以嗎？』彥伶問我。

「不知道，有聽沒有懂，至少文法懂多了點。」

『那就好。』她笑著。

「每次都這樣麻煩妳，真不好意思。」

『千萬不要這麼說，可以幫的上忙，我很開心。』

「我覺得妳真的很溫柔。」

我這麼說完，彥伶低下頭，好像思考些什麼似的。這種時候我都會覺得自己說錯話了，但又不知道該怎麼圓場。

『邦雲，你會覺得我太雞婆嗎？』

「怎麼會呢？一點也不會，希望妳多雞婆一點，越婆越好。」

『呵呵，什麼越婆越好，真愛亂說。』

「總不能說越雞越好吧，很難聽。」

『你還說。』她拍了我的肩膀一下，這好像是我跟她最近的距離了。

走出鱔魚炒麵的店，我抬頭看向天空，天氣晴朗，差不多夏天就要到了，空氣中有快要下雨的味道。這大概就是夏天的味道吧。

「妳看，今天月亮好大。」我說。

『眞的，很少見到這麼大的月亮。』

「妳知道不可以用手指月亮嗎？」

『眞的嗎？爲什麼？』

「聽說用手指月亮，耳朵會被割下來。」

『那怎麼行，你不要指了啦！』

我故意朝著月亮指了幾下，然後捧著耳朵，假裝很痛。

『還好吧？』

「當然，她割不到我的。」

『你眞愛鬧。』

「對了，妳會想打耳洞嗎？」

『不會，我怕痛。』

「我也是，哈哈。」我說，「但是我有想過。」

『眞的嗎？』

「但是聽說打耳洞下輩子會變成女生。」

『對，我奶奶也這樣跟我說過。』

「所以，我決定不要好了，當男生習慣了，當女生怪怪的。」

『所以你這輩子都不會去打耳洞囉？』

「當然。」我堅決地，說到最後自己都笑了。

我看著彥伶像珍珠一樣圓潤光滑的耳垂，有點像今天的月亮。其實，乾乾淨淨也沒什麼不好，人生不一定什麼都要點綴，有時候無暇反而是一種裝飾。

□

『出門。』

小右回到宿舍，很快地催促著我。饅頭也是一頭霧水，不知道究竟發生了什麼事。

「去哪裡啊？」我問。

『老闆，我剛洗好澡，不想出門。』

『不行！』小右大聲地，『特別任務。』

我跟饅頭匆忙地換了衣服，正確來說，爲了節省電費，我們沒開冷氣，所以應該說是穿上衣服。我們都怕熱，更怕沒錢繳電費，所以都是男生，在宿舍裡打赤膊也是怡然自得。

天快要黑的時候，總覺得空氣中有很濃厚的灰塵，會不會只有台北是這樣呢？其實我也沒啥注意，通常我都是低著頭努力走在路上，或者說，努力走在這個世界上，不是爲了自己會不會踩到狗屎，或者哪天運氣特好可以撿到千圓大鈔。

我走，只是爲了往前。於是這附近有什麼樣的空氣，我也只是簡單地把它吸入，然後吐出。

我艱難地塞進小右車子的後座，沒辦法，誰坐後座是猜拳決定的。我總是輸，所以必須折磨自己。到了靠近山路的一家診所，小右在路邊停車格把車停好。技術相當不錯。

『老闆，你要看醫生？』饅頭下了車先問。

「來這裡幹嘛？」我看了旁邊的泡沫紅茶店，有辣妹。

『慶祝米漿生日。』

生日？來診所慶祝？這是那一國的理論？

小右說，生日就應該永遠忘不了，所以他想了相當久，終於想到一個可以讓我們都不會忘記的方式。

「可不可以讓我忘記，我不想太難忘。」我說。

『那怎麼行？兄弟是拿來幹嘛的？對吧饅頭。』

『你這樣說，我很難回答。』

我在診所門口點了菸，心裡七上八下十五個水桶，水都灑了。這傢伙是必要鬧出什麼驚天動地的舉動不可。

『就這樣，雖然米漿生日在明天，但是今天慶祝是最好的了。知道今天什麼日子？』

『我知道，米漿他老媽陣痛得要死紀念日。』饅頭說。

『去你的，今天是護士節。』

「噢，我想起來了。」護士節，沒錯。

但，今天不是小護士生日嗎？怎麼小右沒有跑去跟小護士一起過呢？

『老闆，護士節然後呢？』

『簡單，聽我說，我們就跑進去，然後對著櫃台的護士大喊，護士節快樂！要很大聲喔！』

「我的媽呀，這樣會不會被警察抓走啊？」我大喊。

『怕什麼，人不癡狂枉少年，別告訴我你膽怯了。』

「我膽怯了。」我老實說。

『老闆，真的要玩這麼大？』饅頭也猶疑了。

「對呀，這樣有礙健康。」我說。

『一句話，敢不敢？』

我腦海中閃過無數個可能的結局，最糟糕的就是真的被抓到警局裡泡茶，除此之外，被護士小姐拿掃把追打，被醫生吐口水，我都想過了。

「這是生日禮物，還是故意整我？」我說。哀怨地。

『生日禮物，你現在也許會恨我，很久之後你會感謝我。』

『老闆，說得好，加我一個。』

這下好了，箭在弦上，不得不發。不得不發啊！

我當時很唾棄小右所謂「以後會感謝他」這種說法。打死我，我也不相信。沒想到這麼多年之後，我發現這是真的。青春，就應該燃燒在最不可能的地方。也因此，我們都可以在這段過去當中，獲得一點對未來的悲嘆的救贖。

「來啊，怕你！」我大吼。

於是我們三個走進診所，那是個牙醫診所。小右在最前面，我

在中間，饅頭殿後。

『祝所有護士小姐，護士節快樂！』在小右一聲令下，我們一起喊著。

櫃台等著替病患掛號的小姐，瞪大了眼睛看著我們。

『辛苦了！』小右補上一句。

然後我們匆匆離開，留下滿臉錯愕的病患們，以及護士。我不敢想像，在診間裡頭治療病患的醫生，被我們這麼打擾，會發生什麼事。想起來就恐怖，現在冷靜下來，才發現這麼做很危險。

年輕啊。什麼都不懂。

所幸小右專挑牙醫診所。他說，因為這樣才不會有太大的影響。也不會造孽。

有差別嗎？

我們就這樣到了很多間診所，小右擋風玻璃上的停車單也越累積越多。對我來說，這一點一滴都是生日的印記，越到最後，我們越瘋狂。中間當然有幾間牙醫診所晚間不看診，我們便在診所外頭，留下紙條告訴護士小姐，這個世界上還有三個無聊吃飽撐著的年輕人，在這一天跑到這裡，送給她們祝福。

『最後一站，大醫院，敢不敢？』小右說。

「來吧，來個最燦爛的爆炸。」我說。

『漢子，我欣賞你們，來吧！』饅頭點頭。

走進了醫院，我調整呼吸，等著小右的指令。

『祝所有護士小姐，護士節快樂！』我們大喊。

「謝謝妳們，妳們辛苦了！」我說。

感動得眼淚都快流下來了我。只是，除了護士驚詫的眼神之外，保全大哥也來了。

『你們幾個在幹嘛，出去！』

我們三個落荒而逃。跑出醫院，回過頭去還可以看見櫃台的護

士小姐交頭接耳，而我們則是氣喘吁吁。還好。我看見護士小姐的微笑。有了這個笑容，所有東西都不是那麼重要了。這才是我的生日禮物。我猜。

跑回停車場之後，我們即使相當喘，還是點起了菸，手撐著膝蓋就這麼互相看著彼此，然後哈哈大笑。

「你膽小鬼，跑這麼快！」我指著小右。

『跑最快的明明是江宏翔！』小右澄清。

『老闆，有差嗎？我們都是膽小鬼，哈哈。』

「你們真是瘋子。」我笑得喘不過氣來。

我們三個。瘋子啊！

「小右，今天不是小護士的生日嗎？」

上車之前，我探尋似的問著。

『嗯。』

「你不必陪她嗎？」

『她今天有事。』小右平靜地。

饅頭對我眨眼，暗示我不要繼續說下去。我點點頭，鑽上車子後座。也許這樣的慶祝方式有點道德淪喪，對不起，我想跟所有被我們打擾的護士小姐，以及病患大人們。

我們的青春如果不這樣構築起來，也許我也就不會成為現在這樣的我，而我很難想像，如果不是這樣的我，世界會不會繼續運轉。而天空，會不會一樣這麼多灰塵。

或許小右也是藉著這樣的機會，忘記一些他不想在那一秒鐘放在心上的味道，拿瘋狂下酒，我想是最好的方法，我們停在路邊便利商店，一人幾瓶啤酒，坐在地板上就這麼搬了起來。

『敬你二十歲生日。』小右舉瓶子。

『敬我們的瘋狂。』饅頭舉瓶子。

「敬有你們幾個瘋子，我的二十歲。」我說。

一口氣喝乾，很過癮。即使每個人想的，都不太一樣。

油條在之後知道了我們這天的舉動，悲憤莫名。覺得自己少參與了一次驚天動地的活動，道德淪喪委員會的會長，竟然缺席了，這件事他始終耿耿於懷。其實油條不知道。我有點害怕這種即將爆炸的感覺。很奇妙。也不知道為什麼，我隱約感覺有些事情就要發生，而我，恐怕沒有能力做些什麼去改變。

回到宿舍之後，我們連續搬了一堆酒，喝得我們必須猜拳決定誰去上廁所，剩下的人繼續在客廳拼命地搬。啤酒利尿，尤其一旦上了廁所，就忍不住拼命跑，就好像一旦知道，也嚐過了愛情的味道之後，就會忍不住想往裡頭鑽。

不知道搬到幾點，好像連天空都有點陰鬱，而我們也不管下一秒鐘是否就是世界末日，只要我們在這一秒鐘存在，一切就很美好。

等我回到房間準備拿衣服盥洗的時候，饅頭已經吐了兩加侖，在沙發上昏厥過去，小右一個人在陽台，不管我這麼問都不說話。

我搖動一下每次都差點被我吃掉的滑鼠，趕走螢幕保護程式上那台閃亮紅色的法拉力F50，才發現MSN訊息對話框裡，有一個人丟了我。

我瞇著眼睛仔細地看，酒醉的影響讓我連視線都有些模糊。搖搖晃晃的，對話框變成了兩個、三個。看視窗看到我快要脫窗，才發現丟我的人是黃若琳。

『學長，我有東西要給你。我在宿舍門口等你喔。』

我嚇一跳，手錶上面的時間跑到十一點四十五分左右。而最後的對話時間，是在九點十五分。平常我喝醉了就想睡覺，這下子沒兩秒鐘就元神歸位。

我拿了鑰匙，套了件襯衫，急忙往房間外頭跑去。

『你去哪兒？』小右從陽台探頭進來。

「出去一下，很快回來。」

下樓梯的時候，我隱約還可以在眼前看見，黃若琳暱稱前面的那朵花。

□

那朵花開了嗎？是不是還在原地等著呢？是朝著什麼方向笑呢？這麼多年以後，我還是念念不忘。

奔跑到學校門口，有一段距離。可怕的是，學校有很多個門口。我不知道該往哪個門口去，唯一能做的是把握時間，用最快的速度到大門去。那個奔跑的我，正想著什麼，我有點記不得了。

只是跑。用力的跑，就跑慢了一秒維繫住這一切的東西會不見。這種感覺很新鮮，卻有點折磨。

學校正門口，不見黃若琳。我翻找著口袋，才發現手機被遺落在房間，或者什麼地方，也許哪個地面上。我卻沒有心思多想，那瞬間連一隻幾千塊的手機都再也不重要。

『嗨，學長。』

學校側門，離我住的地方最近的門。我聽見那朵花的聲音。

「對不起。」

我先道歉。但她只是笑著，好像一切就應該這樣。沒有什麼不同，也沒有什麼不對。

『學長你滿頭汗呢，怎麼了？』她問我。

「抱歉，我用跑的來，所以……」

『為什麼要跑呢？』

「我擔心妳等太久，這麼晚了。」

『怎麼會呢，時間還沒有過去，放心。』

「對不起，我不在電腦前面，所以……」

　　黃若琳對我搖搖頭，我調整呼吸，用手背擦了擦額頭上的汗水。她起身，帶著一種獨特的味道，然後背轉身去。

　　「好久沒看見妳了，最近好嗎？」我隨口問著。

　　『真的，好久沒碰面了，你呢？』

　　「我？」我笑了笑，「都好，還做了些傻事。」

　　在黃若琳的追問下，我把今天的事說出來，她邊聽也瞪大了眼睛，好像我說著天方夜譚，手裡抓著阿拉丁。

　　「很蠢吧。」我說。

　　『不，不蠢，超燦爛的。』

　　「燦爛？差點被保全大哥抓走咧。」

　　『糟糕。』

　　「怎麼了呢？」

　　『你已經拿到最好的生日禮物了。』

　　「不要這麼說，這種東西不算禮物的。」

　　我隱約看見她背上背著個很大的包，裡頭不知道裝些什麼。我好奇，但是我理性而冷靜，於是沒有開口。我在想，要到哪一天我才會拋開這些，做個衝動的人？

　　『學長，生日快樂。』她說。

　　「謝謝，謝謝妳。」

　　『這，是我送你的禮物，雖然有點遜。』

　　我伸出手，接過她遞給我的大包，裡頭沉甸甸的。

　　「我可以打開看嗎？」我問。

　　『當然，你一定要馬上打開。』

　　打開背包，是個仿古的掛鐘，要上發條。掛鐘的分針看似沒有動作，但可以聽見齒輪運轉的聲音。

　　「謝謝妳，很漂亮。」我說。

　　『你喜歡嗎？』

「我喜歡。」

我說。就算妳送我一坨狗屎，我都會當場吃下去。

『糟糕，我又犯錯了。』

「又怎麼了？」

『我怎麼在你生日送你鐘呢？』

「送鐘，送終，對喔。」我想通了，「沒關係，別迷信。」

『對不起，我真的覺得自己好笨。』

「不要這樣，我很喜歡，真的真的。」

我看了掛鐘一眼，時間剛過十二點沒多久。

『我希望，我是第一個跟你說生日快樂的人。』

「妳是啊，這種感覺很奇妙。」

『很奇妙？』

「對呀，第一個跟自己說生日快樂的人，讓我很感動。」

『真的嗎？』黃若琳偏著頭笑了。

「真的，第一次，感覺很特別。」

黃若琳對我招手，示意我跟著她一起走。時間很晚了，路上只有偶爾從身邊呼嘯而過的機車。

『我想走走，你陪我嗎？』她抬頭看著我。

「好，走走吧。」

我心跳很快，卻很享受這種緊張的滋味。這種時間，這樣的畫面，說我不曾在心裡幻想過是騙人的。而成為事實的這一天，我很開心。

黃若琳身上的味道不一樣了，不如之前的印象中，那種帶著花香的味道，而是一種很難形容的感覺。

『米漿，你的生日願望是什麼？』

「我？」我想了想，「沒想過咧。」

『那你許個願好不好，雖然沒有蠟燭。』

「蠟燭？沒關係。」我掏出口袋的打火機，「用這個。」

『這個？』她刷了幾下。『我不會用咧。』

「沒關係，我來使用。」

我刷出了火花，在路邊的騎樓下，咖啡店門口的椅子上。黃若琳在我的左手邊，微微側坐看著打火機。

『許願吧，三個喔。』

「好。」

我想了想，抓抓頭。

「想不出來咧。」

『怎麼會呢？你沒有心願的嗎？』

有啊，若琳小朋友，但是我不好意思說。我最大的願望，在這樣的情景下，我希望妳會喜歡我。我們可以在一起，這一秒鐘可以持續下去。

「希望身邊所有的人，都平安健康。」我說。

『真棒，這個願望一定要實現的。』

「是啊。」我有點口不對心。

『第二個願望呢？』

「我希望，妳每年都是第一個祝我生日快樂的人。」

『你好貪心喔。』

黃若琳笑著，我發現自己冷靜的背後，其實偶然也會衝動。而且，其實滿會說話的。

「這個願望，我也希望會實現。」我說。

『好吧，那我就答應你，感動嗎？』

「感動。」我有點言不由衷。

當然，我是感動的。只是黃若琳此刻的表情，讓我隱約覺得有些不自在，好像本來應該喝啤酒的，打開來卻是咖啡。

「第三個願望，我希望……」

『等一下，不可以說出來，說出來就不準了。』

「眞的嗎？」我瞪大眼睛。

『眞的，要在心裡默默許願。』

我笑了，瞄了一眼背在右手臂上的包。

「我希望這個世界都是壞人。」我說。

『這是什麼願望，太奇怪了。』

「因爲說出來就不準啊，所以這個願望不會實現。」

『然後這個世界都沒有壞人？』

「對的，我就是打這個算盤。」

『聰明，給你一個好棒！』

她豎起大拇指，對著我笑了，就像她MSN暱稱前的那朵花一樣。很燦爛，很繽紛。我低下頭，在心裡默默許下願望。

我希望，我希望這個女孩會永遠記住這一刻。而我，也會在她心裡留下最深刻的記號。

『學長，喔不，米漿。』

「嗯？」

『你在想什麼？』

「沒有，覺得很開心而已。」

『你會忘記這一天嗎？』

「今天？當然不會。」我拍胸脯，然後假裝咳了兩聲。

『笨蛋，身體太虛弱了你。』

兩個看起來應該是同校的男生，從我們眼前走過，帶來一陣雞排的味道。我肚子餓了，整個晚上只有啤酒果然不是果腹的好方法。

「妳肚子餓嗎？」我問。

『還好，你餓嗎？』

「有點咧。」我不好意思地抓抓頭。

『那我們去吃東西吧。』

「這個時候，只有鱔魚炒麵那一攤可以吃了。」

『那就走吧。』

整個宵夜，我不太清楚是怎麼發生又是怎麼結束的。虛虛蕩蕩的，眼前的東西都顯得太過不真切。好像踩著雲朵走路一樣，飄來飄去。

黃若琳靜靜地看著我呼嚕呼嚕吃著羊肉炒麵。手拖著下巴，看著我好像也看著遠方。

「這麼晚了，妳回得了宿舍嗎？」

吃完之後，我問著。

『不回去了，今天不回宿舍。』

我心跳加快，然後想著小右跟我說的一些畫面。就是他跟小護士發生的那些香豔刺激的場景。

「這樣啊。」

『我送你回去，然後我就回家了。』

「什麼？」我大叫。

「妳送我回家？會不會顛倒了？」

『會嗎？』

「要不要到我那裡待一個晚上？」

『這樣好嗎？』她說，『這不在我的計畫當中。』

「沒有關係的。」我有點扼腕。

『那、那你的室友……』

「沒關係，他們醉的醉，倒的倒。」

『喔，難怪你身上酒味這麼重。』

「那妳的決定是？」

她陪著我走回宿舍，堅持不讓我陪她等車。這麼晚了，其實根本沒有車可以回台北，我不知道她接下來要去哪裡，這麼晚了，一

個女孩子在外面遊蕩，想起來就覺得不妥。可是不論我怎麼勸說，她都不願意讓我陪伴。

我知道這中間有些地方不對勁，可惜卻怎麼也想像不出來。到了宿舍樓下，在鐵門前面我跟她道別。

「真的不上來？」我看著她。

『不了，下次有機會吧。』我很失望。

「這麼晚了，妳要注意安全，去同學的宿舍好了。」

『你別擔心我，快點上去吧。』

「唉。」我忍不住嘆氣：

「好吧，晚安了，妳自己千萬小心。」

看著她跟我說再見，然後轉過身去，我覺得右邊肩膀上的背包好沈重。

『米漿。』她回過頭。

「嗯？」我心跳加快。

『你能不能告訴我，你那邊幾點呢？』

我打開背包，看著裡頭的掛鐘。秒鐘沒有往前移動，而分鐘卻在不知不覺中前進。只有滴答聲音流逝。沒有觸覺。

「兩點四十分左右。」我說。

『謝謝你。』

「也謝謝妳。」我說。

『我會永遠記住這一天，也會記得你的願望。』

「晚安了。」我點點頭。

巨大而完美的結局。

□

回到宿舍之後，燈已經關了，透過我房裡微弱的光線，可以看到饅頭躺在沙發上，像個屍體一樣。

我把桌上的空罐子收拾起來，也整理好自己的情緒。這個生日很特別，沒有想過會是這樣的一天。只是，我還是掛念著一個人的黃若琳。

回到房裡，我想傳個簡訊給她。然後看見手機裡頭有未接來電，以及一封簡訊。我的手指頭從來沒有這麼靈活過，立刻解開按鍵鎖。

打給我的是彥伶，十二點零分。真準。簡訊給我的也是她，我按下讀取按鈕。

『彥伶

今天是你的生日，祝你生日快樂。

有生之日，都這麼快樂。』

我看著螢幕，有種窩心的感覺。彥伶對我的關懷沒有一天減弱過，反而在我生命中越發強大，而讓我覺得這種溫暖會讓我歉疚。我似乎不是個值得她這麼做的人，只是這樣的感受還不夠強烈。

換句話說，其實第一個祝賀我生日快樂的，也許是彥伶也不一定。我回了她感謝的簡訊之後，隨即傳了另外一封簡訊給黃若琳。

『一切還好嗎？注意安全。謝謝妳的禮物。』

按下送出按鍵，敲門聲音驚醒了我。我打開門，小右撐著門邊，側著頭盯著我。

『去哪兒了？』他眼神迷濛。

「拿禮物。」我有些驕傲。

『誰給你的？這麼不懂事。』

「亂說。」我搥了他一下，「學妹。」

『二十七號學妹？』

「是的。」我撇著嘴笑，輕佻驕傲。

『這麼晚了，她怎麼出來的？』

「不知道咧，她等我好一下子了，都是你們兩個酒鬼。」

『那她人呢？回不去宿舍了吧！』

「不知道，她不讓我送她回家。」

這時候手機嗶嗶叫，我拿起來看。

『我都好，都很好，別替我擔心。若琳』

我把手機拿給小右看，小右看了直搖頭。

『如果她有什麼意外，你就賠不起了。』

「不要嚇我，哪會有什麼意外。」

『你要不要重新考慮一下，去找她？』

「我不知道她在哪裡，怎麼找？」

『你都可以傳簡訊給她，不知道她在哪裡？』

對噢。我把小右趕出房門外，急忙傳了通簡訊問黃若琳。等了十幾分鐘，始終沒有回傳的簡訊，於是我走出房門。

『要出門啦？』

「去找找，她不跟我說在哪裡。」

『接著。』

小右把車鑰匙丟給我，我看了兩眼。

『開我的車吧，這麼晚了，比較安全。』

「謝啦，好兄弟。」我說。

『大恩不言謝。』

然後我在校門附近找到黃若琳，她看見了我，流下感動的眼淚。我抱著她，緊緊摟在懷裡，用手指拭掉她臉頰上的淚。

「我愛妳。」我說。

『我也愛你。』

於是我跟她緊緊擁吻，這一生都希望這樣過。至死不渝，海枯石爛，滄海桑田，海海人生。

才怪。

我也希望一切依照我的幻想實現，可惜幻想終究是幻想。當然我偶爾也會分不清楚眞實以及幻想當中的界線，只是這次我很清楚，我沒有找到她，我很沮喪，卻也無能爲力。我回去之前，坐在那個咖啡店的門口，就是我許願的地方。

「我找了妳很久，找不到。希望妳安全。」

我起身，決定回去宿舍。然後得到了回應。

『請不要找我，我很好，一樣愛笑。回去吧。若琳』

我回過頭，感覺她似乎在不遠的某個地方看著我。當「不要找我」四個字出現在我的眼前，我好像還可以看見她慧黠的笑容在我眼前綻放，惡作劇一樣的淘氣表情。

『好吧。晚安。』

回到宿舍，我打開小右的房門，把車鑰匙丟給他。

『這麼迅速？』

「沒找到，唉。」我又嘆了一口氣。

如果彥伶在這兒，我恐怕就要破產了。

『算了吧，沒事就好。』

「謝啦。」我說，「你怎麼還不睡？」

『沒什麼，就睡不著。』

「有話想說嗎？我有空。」我說。

『沒什麼，你早點去休息吧。』

走回房間的時候，我知道小右今天心情並不美麗，但我不擅長安慰人，也不是個會說好聽話的人。

　　饅頭在沙發上打呼，身上披著小右的那件卡其色外套。我將黃若琳送給我的那個掛鐘拿出來，試著找個地方給它棲身，可惜房間太狹小，東西也堆滿了，房東更不准我們在牆壁上打洞。

　　於是我將掛鐘珍而重之地收好，就在櫃子裡面。突然聽起悶悶的撞擊聲，我還在猜想發生了什麼事的時候，窗外傳來了陣陣的雨聲。

　　我把窗戶關小，想著現在的黃若琳，不知道在哪兒，有沒有淋到雨。可惜我不敢再撥電話，或者傳任何訊息給她。深怕她認為我是個過度癡纏的怪異男子。

　　等我盥洗完畢，雨聲未見停歇，反而更加劇烈了。這段時間恰好是台灣的梅雨季節，只是今年的梅雨來得晚了，反而有種不請自來的突兀。

　　我累了。

　　準備關上電腦的時候，在螢幕上發現了一個新的對話視窗。

　　『下雨了。我在網咖。』

　　『有點害怕。因為打雷。』

　　我坐在書桌前，看著她的暱稱。

　　「風箏沒有天空不飛」

　　前面還是有著一朵花。讓我在第一瞬間就知道，這是她。

　　「還好嗎？」我打下這三個字。

　　『你還不睡？』

　　「不要怕，我還在。」

　　『嗯，現在不怕了。』

　　「那就好，怎麼去網咖呢？我這裡也有電腦。」

　　『只是還不想去你住的地方而已。』

　　「是嗎？」

　　老實說，我有點失望也有點難過。好不容易覺得已經拉近了的

距離，在這個時候又遠了不少。

『我想慢慢的想像，今天過去，就會剪斷了。』

「我懂。會剪斷妳的想像。」

『你早點去睡吧，好嗎？』

「那妳要做什麼？」

『很多事情可以做，不要告訴你。』

「好吧。」我笑了，「那晚安。」

『晚安，米漿。』

然後是個笑臉。在這個時刻顯得很尖銳的笑臉。

我忍不住拿出掛鐘，外頭的雨好像跟我拼命一樣，拼命地下、拼命地下。好像多下一公噸，就可以拿到好人好事代表，還是十大傑出青年的勳章。

背包上有著今天黃若琳身上的味道。我還不大適應這樣的氣味，在我的記憶裡，那天沒有流星的陽明山上，她身上的味道不該是如此的。還沒來得及把掛鐘收好，我就在床上睡著了。磔磔切切的齒輪運轉聲音中，好像雨的聲音小了。

距離也慢慢越來越遠了。

□

8

我們像一把剪刀，合攏時只爲了剪開

——安妮‧薩絲頓，《你離開的十八天》

「爲什麼妳會在剛好十二點打電話給我呢？」

『這樣讓你很不舒服嗎？』

「不，只是好奇爲什麼這麼準時。」我說：

「妳的時間與我的時間竟然這麼吻合。」

『這是秘密。』

　　彥伶對我笑的時候，我覺得有種回到青色的草原上，迎面而來暖暖的風，舒服得直讓人想閉上眼睛那麼痛快。

　　現在的我，還是沒有忘記。遺忘是最幸福的，好多人想忘記都沒有辦法。如果遺忘像溼潤的眼眶的話，那麼我已經想像得到。我心裡頭的這片土地，每年的雨水都不好吧。如果這麼說，小右那邊的土壤可以開出很美的仙人掌。

　　我每天晚上回房間，等待的就是黃若琳是否會給我訊息。在我的人生中，MSN這種網路對話方塊，只是跟油條打嘴炮使用的。偶然我也會透過MSN讓饅頭替我拿啤酒，叫小右不要練吉他。

　　即使我們只隔著一條短短不到五公尺的走道，我還是習慣這麼做。當MSN不是再是打發時間的東西，而成了等待的媒介，每次接到訊息就希望像小時候還有拉環的鋁罐飲料一樣，上面寫著「再來一罐」。

　　我等待著黃若琳暱稱前面那朵花。小右的那朵花，卻不知道該怎麼去形容。

　　他的那條路不好走，前方有著很強大的障礙。從我生日之後，很少看見小右的笑容。

　　『你們家小右懷孕了？』油條放假的時候，坐在沙發上問我。

　　「爲什麼這麼說？」

　　『感覺起來有產前憂鬱症。』

　　「你還有月經前空虛咧。別亂說。」

　　饅頭走出房門，看著我們露出詭異的笑。

『你笑什麼?』油條率先發難。

『小右是天才。』饅頭奸笑。

「怎麼說,我怎麼看都不太像。」我搖頭。

『他在房間裡面練習追魂曲。』

「不對吧,我聽得出來是英文歌。」我說。

『你們看!』

饅頭手裡捏著一隻蟑螂,還在那裡晃啊晃的。

「你真噁心!」我大喊,跳離沙發。

『小強!小強你怎麼了?饅頭,替他人工呼吸啊!』油條說。

『呼吸個屁,你看,小強都因為追魂曲過世了。』

「真的假的?」我瞪大眼睛。

『是啊,原本還活跳跳的,聽著小右的吉他聲,就昏倒了。』

『我聽你在放屁!』油條飛踢饅頭。

「我看你才是天才。」我說。

『我才是天才。』油條大聲地。

『現在是要用天才造句嗎?』饅頭還捏著那隻蟑螂。

然後,他把蟑螂放在地板上,深呼吸了一大口。

『我三天才洗一次澡。』饅頭說:『絕妙造句。』

「殺了他。」我說。

『你上我下,你左我右。』油條笑著。

小右聽見我們的嘶吼,從房間裡走出來,幽幽地。好像漠不關心一般,瞧了我們一眼,在沙發上坐了下來。我們就像被小右按下Pause鍵一樣,停下動作盯著他看。

小右吐了一口氣,兩手攤在沙發上跟身體垂直開展,頭高高仰起靠在沙發的頭枕上,直直往天花板瞧著。好像我們三個人的動作絲毫不引起他一丁點的興趣一樣,我們定格的動作也有點僵,油條對我們使了使眼色之後,分別坐下,在小右的左右邊。

　　饅頭學小右的動作，油條跟我看了，也跟著學了起來。這樣不知道過了幾秒鐘，小右似乎感覺到不對勁。

　　『你們在幹嘛？』小右說話了。

　　『喏！』饅頭沒有低頭。

　　「喏！」我偷瞄了一下饅頭，然後跟著咕噥。

　　『精彩！』油條也說了。

　　『你們到底在幹嘛？』

　　『看你在看什麼，沒想到挺精彩的。』油條說。

　　『什麼東西很精彩？』小右大吼。

　　「嘖嘖，實在嘆為觀止。」我又開了一槍。

　　我們就是這麼無聊，也想不到方法打消這種時候的煩悶。對當時來說，大家都知道小右的狀態不佳。只是沒人敢問，也知道不太會得到正確答案。就如同期末考試，我們總是在考卷上覆蓋厚厚一層對於假期的計畫，而忘記假期之前的灰塵。

　　『哈哈哈哈……』小右瘋狂地笑著。

　　這下子換我們幾個不解，停下這無聊的動作看著他。

　　「饅頭，打電話叫救護車。」我說。

　　『來不及了，直接呼喚變形金剛來。』油條大聲地。

　　『我打電話給蔡依林先。』最好是你認識她啦，死饅頭。

　　小右走到冰箱拿了幾罐啤酒，丟給我們一人一罐。

　　『我覺得臭氧層破了一個洞。』他說。

　　「是啊，你的屁股也一樣。」我說。

　　『要不要我幫你塞住？』油條面露凶光。

　　『謝謝，我心情好多了。』小右說。

　　『但是我們被你的吉他荼毒一個晚上，你該怎麼賠償？』饅頭說。

　　『都給你們啤酒了，還不夠嗎？』

「內行。」我說：「他們喝醉了就會閉嘴了。」

那天晚上我們喝了酒，只有小右一個人，拿著啤酒罐，一口也沒喝。我從頭到尾仔細盯著他的動作，才發現喝酒對小右而言，只是一種動作，有沒有酒精下肚，似乎不是太重要。後來小右開著車，帶我們四處繞啊繞。

『汽油跟啤酒比起來，便宜多了。』小右說。

我們另外三個，在車上拼命打屁，就跟往常一樣。小右開著車，也不算太快，最後停在加油站。

『沒油了？』饅頭打開窗戶。

正當加油站的工讀生走過來的時候，小右油門一催，迅速地開走。

『你神經病喔？』油條搥了小右的腦袋。

『我只是看那個工讀生在打瞌睡，叫他起床而已。』

「你真的瘋了。」我說。

『真正瘋了不是這樣，我真的是好意。』

『不然你說怎樣才算瘋子？』饅頭問。

『像這樣啊！』

剛好經過一段沒有路燈的小路，小右把車燈關了，後照鏡收起來，停在兩條小路的正中間。

『你幹嘛？』油條手攀著駕駛座的頭枕。

『不要問我在幹嘛，連我自己都不知道。』小右說。

「我，我可以下車嗎？」我問。

『不行！』他們三個異口同聲。

然後我們就像四個蠢驢一樣，待在車上，所幸路上沒有其他車，否則肯定被我們給嚇死。這是非常不好的示範，小右只想證明所謂的瘋狂是什麼。瘋狂，就是在年輕的生命裡面留下永遠不會忘記的痕跡。最重要的，是要留住性命在日後回顧。所以我們沒多久

就離開了恐怖的無人十字路口。我們都想殺了小右，但小右恐怕更想殺了自己。

『心事，若無說出來，有誰人會知！』

小右按下窗戶，像神經病一樣大聲唱著。饅頭最喜歡台語歌，號稱台語歌王響叮噹，所以也跟著唱。我跟油條不太擅長，只好打起不協調，而且永遠不在拍子上的節拍，最誇張的是，我們兩個人的節奏都還可以不同。

『幹，你們會不會打節拍啊！』小右大罵。

「你懂什麼，這樣更難。」我說。

小右失戀了，小護士不會出現在我們面前了。這是小右說的。我們三個都沒有親眼目睹，剛聽到我們還隨便開玩笑調侃他。

『那個男的開著一台跑車，在我面前把她接走。』小右說。

『我就在那裡，好想罵人卻不知道該罵誰，你們說，我該罵誰？』

沒有人答腔。我跟饅頭、油條你看我，我看你的，不知道該怎麼安慰小右。

『假如她沒走，沒有上車，那不知道有多好吼。』小右笑著。

我拍拍小右的肩膀，把菸拿給他。然後下了車，在林口的某條山路，遠遠還可以看見山上的學校。各自抽著各自的心情，每個人都大不相同。

唯一一樣的，大概就是我們踩在同一片土地上。我很難了解小右當時的心情，因為不是我。所以我知道，不管怎麼安慰他，我都說不出最真切的痛苦。

「我們回去吧。」我說。「下雨了。」

這個夏天的雨水多了點，但怎麼這片土壤卻沒有更肥沃？於是我的眼神從那時候開始，就會往左下方看。當一個人心中想起了某

事，而有感觸的時候，就會往左下方看。

　　左下方有誰？是小右的小護士嗎？

□

　　昨天的昨天的昨天的昨天，應該怎麼說？大前前前前前天？管他的。總之，那一天開始，我發現夏天就要過一半了。

　　這些日子我幾乎都沒有看見黃若琳出現，不管在現實生活中，還是虛擬的網路世界裡面。這個女孩從我生日那天之後，就好像消失了一樣，奇怪的是，她的MSN暱稱卻更改了，總是在我沒注意到的時候。

　　對我來說，這段日子就像夏天在貝殼的耳邊吹著風，呼呼地就有很鹹很黏的感覺。我試著偷偷查詢學弟、妹的課表，然後在教室門口偷偷等待，總想碰碰機會「巧遇」黃若琳。

　　可惜沒有遇見。

　　『你的頭髮太長了。』

　　有一天下課，彥伶看著我的頭髮對我說。我摸摸頭髮，的確是長了點，有點頹廢。這樣的感覺不好，男孩子頭髮不清爽一點，帥氣的人就是有型，像我這種看起來就骯髒。

　　「不知道該去哪裡剪頭髮比較好呢？」我說。

　　『我幫你剪頭髮好了。』彥伶說。

　　「妳幫我剪？妳會剪頭髮？」我訝異地。

　　『我的頭髮都是自己剪的呢。』我看了看她的髮型，一點也沒有像被狗啃過還是被雞啄過，看起來就很正常，說不上走在流行的尖端，但肯定是好看的。

　　「真的？那要在哪裡剪？」我好奇。

　　『在你的宿舍就可以了啊，很簡單的。』

　　「會不會太麻煩妳？」我問。

『怎麼會呢？』

隔天彥伶就帶了剪刀兩支，以及一些我看不懂的工具。放學之後，就跟著我一起到宿舍去。阿凰也來了，說是要見習。路上我到便利商店買了份報紙，就當作擋頭髮的衣服吧。

『浴室。』彥伶指著浴室對我說。

「要去浴室喔？」

『當然，這樣比較好清理。』

『浴室擠得下我們三個嗎？』阿凰說。

「可能有點困難。」

『那……我在客廳看報紙好了。』阿凰無奈聳肩。

「報紙是我拿來要……」我還沒說完。

『借我看一下又不會怎麼樣，小氣。』

這下子報紙沒有了，阿凰拿著報紙就坐在沙發上，一副我拿她沒辦法的模樣。我硬著頭皮走進浴室，彥伶著工具，要我坐在馬桶上。

『把蓋子蓋起來，比較好坐。』她說。

「好。」

我坐在馬桶上等了一下子，彥伶只是看著我，沒有動刀的跡象。

「妳在思考怎麼下刀嗎？」我好奇地問。

『不是，我在想你怎麼不把衣服脫掉。』

「脫衣服？」我嚇了一跳，「這樣好嗎？」

『這樣頭髮才不會黏在衣服上啊。』

我掙扎了一下，這還是第一次單獨在女孩子前面打赤膊。猶豫了幾秒鐘，看著彥伶的眼神，我還是屈服了。畢竟她是這麼好心想替我剪頭髮，我卻扭扭捏捏不像個男人。

『你也太瘦了吧，要多吃點。』她說。

「還可以，我還有肌肉，妳看！」

我勉強擠出手臂上的二頭肌，她卻噗哧笑了出來。

「妳怎麼可以笑！」我假裝生氣的。

『我沒有這個意思，不是嘲笑你，只是覺得很可愛。』

「那就好。」

聽起來怪怪的，但我沒想太多。彥伶臉紅了，害我也有點不好意思。我坐在馬桶蓋上，聽著剪刀的刀鋒傳來喫喳喫喳的聲音，因為看不見自己，所以也沒辦法多想。

『你最近好像心情不大好喔。』她說。

「會嗎？」

『感覺起來你的精神都是灰色的。』

「灰色的？妳怎麼看得出我精神的顏色？」

『感覺吧。』

「妳都偷偷看我，下次我也要看回來。」

也許打赤膊的時候說這種話太不得體了，彥伶的手停了一下，我感覺到她臉紅了，尷尬的空氣伴隨著廁所的氣味。

「我開玩笑的啦。」我試著打圓場。

『沒關係。』她說。

「最近小右的狀態比我還糟。」我轉移話題。

『喔？為什麼？』

「他啊，失戀了。」

『真的嗎？』

「是啊，不過他都強顏歡笑，也不知道在想什麼。」

『你們都習慣把情緒放在表情的下面。』

「啊？」這個形容好怪。

『希望他沒事，你要多陪陪他。』

「有啊，我都牽著他的手陪他去看夕陽。」我胡說一氣。

『你太愛鬧了你。』

「如果有一天我失戀，才不會像他這麼遜。」

『還沒遇到，都說不準的。』

「我相信我不會，妳會嗎？」我問。

『我也不知道，不過，我應該會逃避吧。』

「是嗎？」

『剪好了，你可以起來看看。』

　　我站起身，拍拍脖子、肩膀上的頭髮，走到浴室的鏡子前面。長度並沒有剪短很多，剛看到身上的頭髮，差點誤以為自己剃光頭了。不像之前這麼厚重，的確清爽了不少，沒想到彥伶有一套。

「妳好厲害，不輸給外面的設計師喔。」我說。

『別鬧了，差得遠了，還喜歡嗎？』

「很好啊，要去哪裡結帳？」我笑著。

『請我吃晚餐就可以了。』

「真好，那妳想吃什麼，我請客！」

『找小右一起去吧。』彥伶笑著。

「我可沒說要請他喔。」我堅持。

　　彥伶陪著我把地板上的頭髮都整理好，丟進馬桶裡面，才走出浴室。時間久了，看著我赤裸的身體，她好像也習慣了。我獨自一個人在浴室裡清洗著，蓮蓬頭嘩啦嘩啦的。走出了浴室，才發現阿凰站著，彥伶也站著，小右一臉氣呼呼的手撐在腰間，臉上還有一點傷口。

「小右你幹嘛？」我走過去。

『他跟人打架啦。』阿凰說。

「你跟誰打架？」我推了小右胸口。

『沒什麼。』

「什麼沒什麼，發生什麼事，說出來吧。」

水從我的額頭滴下來，我用手臂抹了一把。

「是那個工程師？」我試探地。

小右點點頭，不說話。我拍拍他的肩膀。

「幹嘛這麼衝動？這種事不能這樣解決的。」我說。

『是他先惹我的，我只是待在那裡看，沒幹嘛。』

「誰先動手？」我問。

『他。』小右眼神噴火，『走過來就跟我大小聲。』

「你幹嘛還要去呢？」我搖頭。

『對呀，你何必讓自己這麼窩囊？』阿凰也大聲地。

『我只是想去說再見。』

小右說完，眼眶含著淚，手不停地發抖，緊咬著牙關充滿痛苦。我不忍看見這樣的小右，也明白他當下的心情。

「贏了、輸了？」我問。

『幹，他打我一拳，我讓他知道地板的味道。』

「贏了就好。」我拍拍他的肩膀。

『丐幫，你怎麼可以鼓勵他，這是不對的！』阿凰生氣地。

「我知道，妳別生氣。」

我求救地看著彥伶，彥伶似乎懂我的意思，拉著阿凰坐下。饅頭打開門走進來，看見這麼多人瞪大了眼睛。

『今天喝春酒啊，這麼多人。』饅頭說。

等到我跟他解釋發生的事，以及看見小右的表情之後，饅頭沒有說話，呆了好一下子，然後走進房間。過了幾分鐘，拿著球棒走出來。

「你幹嘛？」我問。

『幹架啊，走，我們去報仇，這狗娘養的。』饅頭齜牙咧嘴。

「不要鬧了吧，好不容易沒事了。」我說。

彥伶跟阿凰也許被嚇到了，坐在沙發上盯著我跟饅頭，沒有說

話。

　　『走啊，要就打個痛快，走，有我在。』饅頭拉著小右。

　　「好了啦，不要鬧了，冷靜一點。」我說。

　　『怕什麼，兄弟是幹嘛的，處理掉就好！』

　　饅頭越來越大聲，情緒激動得好像自己才是當事人。我拼命勸阻，他拼命抓著小右往門口走。

　　『不用了啦。』小右終於開口。

　　空氣在這個時候冷靜下來，我的頭髮也乾了，身體卻滿滿的汗水。空氣中只剩下電風扇嗡嗡的聲音，以及沉重的呼吸聲。

　　『打了就沒事啦。』饅頭小聲的說。

　　『動手打一打，搞不好女人就回來啦，說你好性格，好帥。』

　　『你還有兄弟在啊，不必擔心。』

　　我慢慢知道饅頭的用意在哪裡，這才發現這樣點醒小右，才是最好的方法。小右不是笨蛋，很快就知道饅頭的刻意，以及我們的關心。

　　『我告訴你，我隨時都在，我都在。』饅頭說：

　　『有需要的時候，我都會在。』

　　「我也在，我們都在。」

　　我知道這話不是代表希望小右跟人打架，會找我們一起。而是換個角度，有需要幫忙的時候，我們都在。

　　「有我們，你就不是一個人，不要悶在那裡。」我說。

　　『我知道。』小右低下頭。

　　『知道很簡單，要做到。』饅頭說。

　　『我知道。』小右的聲音越來越小。

　　小右很努力忍住眼淚，我知道。從頭到尾眼淚都沒有滴下來。阿凰坐在沙發上，忍不住哭了，彥伶安慰著阿凰。我不知道阿凰為什麼哭，也不知道這時候的小右，為什麼不哭。一團混亂之中，我

也不知道該思考些什麼。我不知道其他人有沒有記住這一分鐘，但是我永遠會記住。

夏天已經過了一半，我們各自走著各自的孤單。

□

阿鳳跟小右之間，也許是個永遠解不開的謎團了。那天之後阿鳳再沒有跟我說些什麼，我的目光所及，也沒看見阿鳳跟小右有什麼交集。所有那天的事，除了還可以從我清爽的頭髮看出一點痕跡，其他統統都被塞在回憶的某個抽屜裡面。即使在宿舍，我們也不會提。所以油條也不知道這件事。

我發現這個世界很多這樣的事。我們也習以爲常把這樣的隱藏當作慣例。很多東西我們不要了，就放在抽屜裡面。這樣好嗎？我不知道。至少當時的我，是這樣跟著做。我終於在學校遇見黃若琳，原本就嬌小的她看起來更小了。一眼就可以看出她更瘦，更沒精神。我鼓起勇氣走到她的面前，對她笑著。

「好久不見了，最近還好嗎？」

『米漿。』

黃若琳抬頭看著我笑，這樣的笑容令我好不自在。就像有什麼東西刺著我的眼睛，讓我想別開視線。

「妳好瘦，最近偷偷減肥？」我插科打諢。

『米漿，你好嗎？』她笑著，『剪頭髮了。』

「是，沒想到妳看得出來。」

『很好看喔，很適合你。』

「謝謝。」我沒說，這可是彥伶的傑作。

「真的很久沒見到妳，都在忙什麼？」

『沒什麼。』

「是嗎？」我點頭，「妳精神不太好，看起來是灰色的。」

這話我是套用彥伶說的話。

『你好厲害，看得出精神的顏色咧。』

「沒啦，我亂說的。」

『最近生病了，所以精神才會灰灰的吧。』

「生病了？」

『是啊。』

「生什麼病，嚴重嗎？有去看醫生嗎？」

『你一下子問這麼多問題，我該先回答哪一個好呢？』

她右手食指點著下巴，眼睛往上看，露出俏皮的表情，讓我又好氣又好笑。這個時候突然覺得那個原本的黃若琳回來了，如同在陽明山上靠著我的肩膀，以及在咖啡店門口聽著我許願的她。

「妳要照顧自己啊，生病了要看醫生，知道嗎？」

『有啊，我天天都會看醫生。』她說。

「我在說真的。」我嚴肅地。

她促狹地眨了一下眼睛，好像在捉弄我一樣。我很開心，終於把這條線重新拉上。如果只停留在這條線的後面，我想會折磨我更久。所以我鼓起勇氣，深呼吸了一大口。

「妳……晚上有空嗎？」

『今天晚上？』

「是的，我發現一間不錯的餐廳，想請妳吃飯。」

『這麼好？請我吃飯？』

「替妳補補身體囉。」完美的藉口。

『對了，我一直想問你，你住的地方有廚房嗎？』

「廚房……是有，但是幾乎都沒有用過。」我說。

『那我知道了。』

「妳有空嗎？」我回到原本的問題。

『今天晚上不行咧，我有事。』

　　我的心像溜溜球一樣快速墜落，腦中用最快的處理器閃過無數的念頭，彙整了最近消失的她，歸納出結論。於是我又試探了。

　　「跟男朋友約會啊？」我笑著，但這個笑只在表情上。

　　『亂說，別破壞我的行情。』

　　我鬆了一口氣：「我隨便說說而已。」

　　『我是要去見一個人，也是男的。』

　　我的心又往下掉了，這次比上次沉一點，幾秒鐘前是自己想像，從她口中說出來又更難受了。

　　「是嘛。」我的臉僵硬得我自己都覺得可以防彈。

　　『是啊，而且他很關心我，很有錢喔。』

　　「真棒。」噢噢噢，好難受呀。

　　『可惜老了點，還有老婆跟小孩了。』

　　「有老婆了？」不倫戀？第三者？

　　『是啊，不去又不行，你剛剛說，我非去不可。』

　　「我說的？什麼時候？」

　　『你不是要我去看醫生嗎？本來今天不想去的。』

　　「這樣啊，」我鬆了一口氣，好像皮球洩氣之後往天上飛：「那一定得去，沒關係的。」

　　『嘻嘻，你剛才有沒有緊張？』她淘氣地看著我。

　　「沒有啊。」我故作正經。

　　『才怪，你一定有，別想剪斷我的想像。』

　　「好吧，有一點。」我老實說。

　　『明天吧，明天晚上可以嗎？』

　　「好啊。」我興奮地，「就明天晚上。」

　　從跟她道別的那一秒，一直到隔天放學為止，我的人都在不停降落以及起飛，看著自己在想像裡面來來去去，其實有種趣味。可是我停不下來，就這樣隨著心情起伏，我懂了，為什麼她總說，不

要剪斷她的想像。

　　因爲想像裡面是很美好的，如果都往好處想的話。放學之前，我接到她的簡訊。

　　『若琳

　　　今天臨時不能去了，對不起。

　　　我們再約時間，好嗎？』

　　飛機墜毀了。我看著手機，突然很討厭這種高科技產物的發明。如果她可以親自跑到我面前告訴我，也許我還不會這麼失落。至少，我親眼看見了她，可以確實知道她的存在，而不是冰冷的幾個字。

　　我按著手機，最後只傳了一個「好」字。然後就把手機關了。這幾個小時，我不想再看見這個東西了。

　　「彥伶，晚上一起吃飯？」

　　放學前，我約了彥伶一起晚餐。

　　『今天嗎？這麼好興致？』

　　「上次欠妳的，妳忘了嗎？」我指著自己的頭髮。

　　『我只是說笑的，沒想到你放在心上。』

　　這個算是我的優點吧。每個人說過就忘的話，我卻都牢牢記得。也因此我總被捆綁著，越來越緊。

　　我跟彥伶到離學校有一段距離的火烤兩吃，聽學姐說，這裡的東西很新鮮。人很多，大多是學校的學生，以及附近的住戶。我們一邊開扯，彥伶烤肉給我吃，而我從頭到尾沒有碰過旁邊的火鍋，因爲我原本就要帶黃若琳去吃火鍋的。不是我不貼心，讓女孩子替我烤肉，而是我烤出來的東西，實在難以下嚥，與其浪費糧食，不如交給專業的來處理。

吃飽送彥伶去坐車，天空卻下起了雨。

「糟糕，下雨了。」

『沒關係，』彥伶從背包裡拿出雨傘，『你先回去吧。』

「不行，陪妳等車吧。」

『眞的不要緊，你先回去吧。』

「不行！反正我很近，陪妳等一下吧。」

『那你要不要靠過來一點。』

我看著自己溼透的左肩，點點頭，往彥伶的方向靠近。

『小右最近好多了嗎？』

隔了好一下子，彥伶開口。

「小右？喔，好多了，會笑了。」

『那就好。』

空氣又開始潮濕了起來，下雨的味道總是讓人一聞就可以分辨。只是多了一點尷尬的感覺，我跟她肩膀靠在一起。我下意識看了看肩膀，發現溼了一大塊。

『抱歉，雨傘太小了。』彥伶歉疚地。

「不會，是我不好意思才對。」我說。

好像不管我做多麼細微的動作，都躲不過她的眼睛一樣。彥伶是個細心的人，總是在我最柔軟的地方降落。

『車來了。』她說。

「路上小心，看到色狼要踹他小雞雞。」我說。

『你很愛鬧咧。』

她上車前把雨傘遞給我，不管我怎麼拒絕都沒用。她揮手跟我道別，我看著她上車之後，才慢慢走回宿舍。粉藍色的小傘，是可以折疊收起來的。

上頭還有愛心的圖案。我拿出手機，想看看時間，也打電話給小右以及饅頭，順便買點宵夜回去餵他們，就好像是買飼料餵小狗

一樣。

一打開手機，才發現有一通來電，以及一封簡訊。

『若琳

我推掉晚上的事，跟你約在老地方好嗎？』

我感覺月球上的吳剛拿著他的斧頭從我的胸口劈了下去，血液噴濺到眼睛裡頭，眼前的東西都看不仔細了。

而嫦娥，正在笑我的愚蠢。

□

我好像忘了說，生日那天晚上，咖啡店前面坐著的我們，兩個人都看著我手上的打火機。也不是什麼了不起的帥氣打火機，便利商店十五元買的。還記得沒多久之前，一個只要十元。

是我吹熄了火嗎？我竟然想不起來，在我跑向黃若琳所謂的「老地方」的時候，腦中不停回想，頭都痛了還是想不起來。這種感覺好痛苦、好痛苦，我竟然忘了那天最重要的部分，至少對我來說很重要，而我草率地遺忘。

遺忘不是最幸福的嗎？很多人想忘掉卻沒辦法。怎麼我這麼幸福，卻在這裡痛苦？

校門口，失敗。兩個校門我都去了，沒碰見她。咖啡店門口，失敗中的失敗，我在門外張望，裡面的工讀生以為我要推銷什麼東西，眼神冷冷地看著我，我鼓起勇氣進去裡頭借廁所，沒有黃若琳。

當然在高科技的時代，電話是可以撥的。但是轉進語音信箱，也不是我能控制的。距離她給我簡訊，已經過了四個多小時，差不多兩百五十幾分鐘，一萬五千多秒。

「妳在哪裡？」

我喃喃自語，手中的粉藍色小傘似乎聽得見我的呼喊。我收了傘，呆坐在咖啡店門口的椅子上，看著雨，好像也看著自己。

這是我第二次讓黃若琳等待了。我有點怨恨機緣這種東西，每次都在需要的時候離席。這場雨剪斷了我的想像，我以為可以像前次一樣，帶著歉意走向她，然後她會笑著對我打招呼，聽我道歉。

我們都不是為了等待誰而存在的吧。只是不得不等待的時候，總希望自己等待的過程中，有點事情可以打發時間。

最重要的，就是等待的那個人終究要出現的。我出現了。她不見了。我拿著彥伶借我的傘，慢慢走回宿舍的路上，電話響了。

『米漿。』若琳的聲音。

「妳在哪裡？」我有點激動。

『不告訴你，你在外面？』

「是，我在找妳，妳在哪兒？」

『笨蛋，這個時間，我當然在宿舍啊。』

「對不起，我……」

『你手機是不是沒電啦？』

我猶豫了一下，決定撒謊。如果這個謊言只能減低我的罪惡感，那這個謊言沒有存在的必要。倘若謊言可以讓對方舒服一點，我願意多說幾次。一百次，一千次都可以。

「是的，對不起。」我說。

『別跟我道歉了，唉，是我不好。』

「不，」我更難受了，「讓妳特別推掉事情，結果……」

『你在哪裡？』

「我？」我左右看了一眼，「宿舍樓下。」

『唉，對不起，讓你這麼晚了還跑出來。』

「不是這樣的。」

我不知道該怎麼說，說出事實力量太大，連我都承受不了吧。突然發現自己很糟，因為若琳有事，就耍起了任性，然後像找個避風港似的就往彥伶那裡跑，這樣是不是代表我是很糟糕的人？

「妳不要嘆氣，嘆氣要罰錢的。」我說。

『誰告訴你的？』她笑著。

「一次十塊錢喔。」我有點避開她的問題。

『那罰金要繳給誰呢？』

「當然是我啊，所以不要讓我成為富翁喔。」

『嘻嘻，你想得美。』

我拿彥伶對我說的話，告訴若琳。然後曾經在那次看流星雨之後，拿若琳的話，說給彥伶聽。在她們兩個之間，我根本找不到自己。

『米漿，你快點回去吧，下雨咧。』

「嗯，那、我們什麼時候、再約呢？」我試探著。

『很快的，你放心。』

「有多快？」我有死纏爛打。

『那就後天好嗎？剛好週末。』

「好，沒有問題。」

『晚安了，我今天晚上不上MSN，要早點休息。你別上線等了。』

「妳怎麼知道我會等？」我有點不好意思。

『不要告訴你。』她笑著，『對了。』

「嗯？」

『米漿，你那邊幾點了？』

十點四十七分，距離她等待我的時間，五個小時。我告訴她，然後聽見很客套，也很熟悉的謝謝。就像MSN上面的那個笑臉一樣，不舒服。

『你會不會覺得我們每次約會都命運多舛？』

「問題都出在我身上吧，對不起。」我說。

『除了第一次，剩下的好像都不是很美滿吼？』

「抱歉，都讓妳等我，保證下次不會了。」我堅定地。

『小心，以後我會故意讓你等我喔！』

聽起來甜蜜蜜的，像極了小情侶之間的打情罵俏。在我的耳裡這樣的語句代表了我跟她的距離拉近了。

「盡量讓我等，我一定會等妳。」我說。

那時候說這個話，自以為很浪漫，有男子漢的擔當。現在想想，這樣的話未免太不負責任了。

隔天到學校，還是下著雨，在北台灣應該習以為常的。我帶了自己的傘，把彥伶的粉藍色小傘放在牛皮紙袋裡面，上課前順手拿給她。

「謝謝妳的傘。」我點點頭。

『謝謝你昨晚的款待。』

「別提了，妳昨晚下車後，沒淋到雨吧？」

『不要擔心，我很會照顧自己的。』彥伶說。

「那就好。」

『怎麼了，看起來似乎有點灰？』

「妳真厲害。」

我告訴彥伶，昨晚我搞砸了，讓學妹在外頭等了我好久。說出來的時候沒想太多，彥伶的表情還是一樣溫暖。

『啊呀，原來你昨晚已經有約了，真對不起。』

「不，不是這個意思。」這時候我才發現自己很蠢。

『早知道我就不跟你說笑了，害得你這麼棘手。』

「是我自己太亂來了，妳別放在心上。」

『對不起，我真的很抱歉。』

「不要道歉，跟妳沒有關係的，是我自己不好。」

彥伶點點頭，翻開課本，我低下頭去迴避她的眼神。我簡直愚蠢過了頭，連這種話也拿出來說，不就代表了因為我被拒絕了，才找她出來陪我嗎？

「彥伶，對不起，我不是因為被拒絕才找妳陪我吃晚餐的。」

『我知道，我怎麼會這麼想呢？傻蛋。』

「那就好，」我鬆了一口氣，「好怕妳會生氣。」

『怎麼會？』彥伶瞇著眼睛笑，『學妹呢，有生氣嗎？』

「沒有，沒事。」

『那就好。』

接著整堂課，彥伶如往常一樣專心作筆記，我則一邊發呆，一邊回想著昨天跟若琳說話時候的感覺。我有點失心瘋了吧，腦袋裡都是這些畫面，這才知道真正的戀愛魔力這麼強大，而這種甜滋滋的感覺更讓人著迷。

終於等到了約定的那天，我告訴自己一百次，絕對不可以讓黃若琳多等一秒鐘，於是確定了時間之後，我早早就出發。我特別穿上新買的牛仔褲，在後門人來人往的地方故作鎮定。

後門很小，我不得不靠近停放機車的地方，好臭。等了不知道多久，看了看也過了約定好的時間，我開始有點焦急。我一下抽菸，一下看手錶，一下子來回踱步。

不知道黃若琳之前等我的時候，都做些什麼呢？才過了半個小時，我就已經心浮氣躁，那麼等了我那麼長時間的她，究竟在想些什麼？

『米漿。』黃若琳拍拍我的肩膀。『等很久了嗎？』

「不會，一下子而已。」我笑著。

『我查了資料，所以晚了一點，對不起唷。』

「不會、不會，我說過我會等妳的。」

況且，妳之前等了我更久，不是嗎？我好奇地問她之前等這麼久的時間，都在做些什麼。

『等待啊。』她說。

「就傻傻地等嗎？」

『你才傻傻的，我是很優雅地等。』

「是，哈哈，也對。」

『走吧，我們去買晚餐。』

「啊？買晚餐？」

『對的。』

我查了附近所有好吃的餐廳，連價位都一清二楚。這下子聽起來像去買自助餐一樣，我有點訝異。

『我要下廚，厲害吧！』

「下廚？妳會做菜嗎？」

『當然，我可是有真功夫的。』

我們到附近的黃昏市場去，眼花撩亂什麼都看不懂。菜煮之前跟被煮了以後的長相差異太大，我只分得出海鮮，至少他們的長相沒有差別太大。

『這個是菠菜。』

「喔！」

『對身體很好喔！』

「喔！」

我就這樣「喔」了一個小時，買了一把菠菜、半斤的蛤蜊、洋蔥、雞腿肉、胡蘿蔔、蘋果，啦哩啦雜一大堆。

準備牽摩托車回去的時候，若琳勾著我的手，我的心跳好快、好快。要不是我皮膚黑，我可能臉都要比剛剛買的蘋果紅了。這樣的感覺好像新婚小夫妻，我覺得自己幸福得快要窒息了。沒想到，快樂到了極限，竟然會讓身體有些不舒服。

煮飯這檔事，跟我很難掛上鉤。回到宿舍之後，饅頭跟小右也目瞪口呆，看著我們大包小包地開門，感覺很奇妙，也很足以讓我炫耀。他們找了藉口出去吃飯，卻被黃若琳留了下來。

『多一點人一起吃，才有趣味嘛。』

我在廚房想幫忙，卻發現這樣的我有點礙手礙腳，被黃若琳趕了出來，只好在客廳遠遠地看著她清洗很少使用的廚房，洗菜，還把蛤蜊放在裝滿水的盆子裡。

「都要煮他們了，還讓他們游泳喔？」我忍不住問。

『笨蛋，要讓蛤蜊吐沙，不然你會吃到很多沙子喔！』

我抓抓頭，退出廚房，跟小右還有饅頭你看我、我看你。

『喂，這個小妮子真的會煮菜？』小右眼神透露出擔心。

『老闆，賢妻良母咧，卯死了。』

「放心啦，吃不死你們的。」其實我也不知道。

等了半個小時多一點的時間，看著客廳桌上一盤、一盤端出來的菜，味道有夠香，肚子忍不住咕嚕咕嚕。

『可以吃了！』

最後端上來一大鍋的咖哩，那個味道就算把我的鼻子扭斷我都不會忘記。好香，好濃。飯剛煮好，還有騰騰的熱氣，我怕燙，所以先盛了一碗。

「好香喔！」我忍不住讚嘆。

『真的嗎？』若琳笑著。

『老闆娘，這個賣相好。』饅頭說。

『誰是老闆娘，別胡說！』小右生氣地，『妹妹，叫煮菜的主廚出來，我們要感謝他。』

黃若琳聽著大家的稱讚，笑得合不攏嘴。這個晚上，我推了三碗咖哩飯，有夠好吃。小右食量本來就小，竟然也推了兩碗，可見黃若琳的手藝實在優。饅頭就不用說了，吃到最後竟然直接把飯裝

在咖哩鍋裡面吃，雖然粗魯，卻是對掌廚者的最高敬意。

『幹，我又沒參與到！』電話裡面的油條鬼哭神號。

『江宏翔，你不會留一點給我喔！』聽見饅頭最後的吃相，油條忍不住發飆。

除了國小畢業拿了校長獎之外，這大概是我這輩子最驕傲的時候了。雖然不是我煮的，但是卻感覺到溫馨的暢快，快樂得我都害怕起以後如果吃不到，沒有這麼快樂的場合，我該怎麼活下去。

反而是黃若琳自己沒吃什麼，多半都看著我們狼吞虎嚥。

「妳怎麼吃這麼少，很好吃哩！」我忍不住說。

『我不餓，看你們吃比自己吃更快樂。』

「以後吃不到該怎麼辦，太好吃了。」

『誇張。』

黃若琳笑著，我卻好像聞到生日那天，那種奇怪陌生的味道。

□

晚餐結束，送黃若琳回家的時候，我的肚子還鼓鼓的。

「今天太美好了，最近發生太多好事，讓我有點吃不消。」

『誇張，好事怎麼會吃不消呢？』黃若琳笑著。我抓抓頭，不好意思地看著她。

『我要揭曉答案了。』

「什麼答案？」我聽不懂。

『你問我等你的時候都在幹什麼啊！』

「喔。」好幾個小時前的問題了。

『我都在想著你，很單純的想著。』

我的天啊，我簡直幸福地快要發瘋了，如果我身上有翅膀，我會毫不猶豫飛到天上去，如果我的身體夠強壯，我會把摩托車丟到天堂去，然後跳起來再把摩托車丟回地面上。

『想你爲什麼遲了，在做些什麼，想著誰。』

「我發誓我永遠不會再遲到了。」我信誓旦旦。

『遲到沒有關係，我知道你一定會來的，對吧！』

「那當然。」

送她回家的路上，第一次她的手不是抓著車後的握把，而是環繞在我的腰間。雖然我怕癢，但是這瞬間的感受，我眞的不會忘記，絕對不會，我拿我的小雞雞保證。

到了她的家門附近，我停下車，黃若琳把安全帽遞給我。

『今天快樂嗎？』她笑著。

「當然，眞的好開心。」明知故問最佳典範。

『你會忘了今天嗎？』

「絕對不會。」我說。

『那我們打勾勾，不可以忘記喔。』

我伸出小指頭，跟她的手做緊密的結合，然後她的手握住我的手。就這樣牽著，比什麼都還勇敢，比什麼都永遠的靠近。

「若琳，其實我……」我鼓起勇氣。

『等一下，我有話要告訴你。』

「喔。」我的氣餒消了百分之八十。

『等我說完，你才可以說喔。』

「好。」

『你知道，我爲什麼會記住你的生日嗎？』

我用力搖頭，腦袋差點飛到快車道。

『你幹嘛不講話？』

「妳要我等妳說完才可以說話。」

『你眞聽話。』她露出沒好氣的表情。

『你記得我第一次遇見你的時候嗎？』

北區迎新餐會，我記得。

『那時候我要你做自我介紹，覺得你好可愛。』

『然後，你說了你的生日，你還記得我說什麼嗎？』

「記得，說我的生日都是質數，很孤單。」

『你果然記得。』她嘆了一口氣，然後聳肩吐舌。

『糟糕，我忘了不可以嘆氣了。』

「沒關係，妳欠我十塊。」

『我先給你囉！』她低頭翻找。

「不，我要妳欠我很久。」我笑著。

　　我以為她會跟我一樣笑著，然後罵我笨蛋什麼的。可是沒有，我很難適應面無表情的黃若琳，她一向都是表情豐富。

『我還記得我跟你說完之後你的表情，我很內疚。』

『你是一個很棒的人，迎新宿營之後，我更加確定。』

「不要這樣稱讚我，怪怪的。」我不好意思地說。

『我想，即使你的生日很孤單，我要盡量讓你不孤單。』

『所以，我希望幫你過生日，會不會很笨？』

　　當然不會！我話說得大聲，似乎驚嚇到她，她肩膀微微往後縮了一下，然後嘟著嘴看著我。

『太大聲了啦，笨蛋。』

「抱歉，抱歉。」

『我大概知道你要說什麼，可是，你要先聽完我的話喔。』

「好。」我突然覺得幸福的風被吹散了，有點怪怪的。

『你還記得我說過，想去國外唸書嗎？』

「記得。」

『我申請到了，要先去唸語言學校。』

「畢業以後嗎？」

『下個禮拜。』

　　我目瞪口呆說不出話來，有種被鬼打到的感覺。

「這、這麼快？」我盡量保持冷靜。

『因為一些原因，所以很趕。』

「是嗎？」我有點想哭。

『這是我的夢想，所以必須去實踐，否則一定會後悔。』

我沉默了幾秒鐘，覺得喉嚨被什麼東西卡住，很難說話。然後冷靜下來，點點頭。

「夢想就應該去實踐它，我支持妳。」我說。

『謝謝你，我會加油的。』

「要照顧自己喔，我可以去機場送妳嗎？」

『可是我怕我會哭咧。』

「這樣啊。」我有點失望，巨大的失望。

『但是，我希望你來。』

我點點頭，努力壓下心中那個強大，難以抗拒的失落感。就像整個人踩在水窪上，滑溜溜的怎麼都站不穩。

『換你說了。』

「我？」我吐了一口氣，盡量不讓這個動作看起來像嘆氣。

「我要說的，已經跟妳說過了。」我撐出微笑。

『什麼時候說過了？』

「就是告訴妳，我會等妳啊。」

黃若琳低下頭，看著自己的指甲，我覺得自己的呼吸很混濁。夾雜著不知道該怎麼形容的刺痛。

『米漿。』

「嗯？」我看見她紅了眼眶。

『我們會不會就像剪刀一樣，好不容易合攏了，卻只是為了剪開呢？』

「不會啦，不要想這麼多。」

這個時候還要安慰人，對我來說很難。但是為了她，我願意。

『會不會就跟一開始一樣，我們很難兜在一起呢？』

「怎麼會呢，陽明山那次，跟今天，不是都很順利嗎？」

『對不起，因為我真的必須完成夢想。』

「我懂。」

『不，你不會真的懂，我怕以後沒機會這麼做了。』

「才不會，我們這麼年輕，有的是機會啊！」

　　我拍拍她的頭，看著她嘟嘴的模樣，感覺甜蜜。即使這甜蜜很短暫。我有點後悔今天沒把她留在宿舍，可是這都是後話了。

『你知道嗎？我今天是準備好了要去看你住的地方喔。』

「真的嗎？」

『我想看你是在什麼地方跟我MSN，跟我講電話，我去洛杉磯之後，就可以依照這個記憶去想像你，很笨嗎？』

「才不會。」

『你的房間很乾淨，真的。』

「可惜我沒機會看到妳房間，所以很難想像。」

『才不給你想像咧。』

　　她笑了，終於。我好怕她的眼淚停不下來，更怕自己也會跟著掉眼淚。我可不敢保證，我是否真的可以忍耐得住。

『掰掰，米漿。』

「晚安，早點睡吧。」我說。

『米漿，你可不可以告訴我……』

「十點十六分。」我說。

『你真聰明。』

「過獎，過獎。」

『你知道LA跟台灣相差幾個小時嗎？』

「不知道咧。」

『很久喔，十五個小時。』

「這麼久,那不就我白天,妳是晚上?」

『對呀。』她說,『而且,我會晚你半天。』

「喔?所以我的日期比妳快一天囉?」

『嗯。』她笑著,『很特別吧。』

「沒關係,到時候我會跟妳說未來發生什麼事。」

『你笨蛋,我們都在同一個時間啦,你知道的我也知道啊。』

「喔,哈哈,原來如此。」我尷尬地。

跟她告別之後,我一個人騎著車子回宿舍。路上人、車還不少,我的速度比往常還要更慢、更慢。行經山路的時候,我終於忍不住,大聲的吼叫了兩聲。

所幸路上沒有其他人,否則大概會報警,或者叫救護車。我感覺口罩都溼了,眼淚讓我的視線有些模糊,於是我的速度更慢。我好想這樣慢下去,就讓時間停在這一天就好了。

因為這一天實在太幸福,而幸福的最高峰,竟然就會帶來難過。我終於領悟歷史老師跟我們說的,清朝乾隆時期這麼強大,就是下坡的開始。可是馬的我才二十歲,這麼快就走下坡是要我跌死嗎?

老天爺很愛惡作劇。但是我不怕。

若琳。我說過,我會等妳的。那我們就不必害怕了。我這樣對著自己說,也好像隔著空氣對黃若琳說。我又大吼了幾聲,補了一聲「幹」。我還是忘了跟她告白。

「黃若琳,我喜歡妳,妳可以當我的女朋友嗎?」

可以嗎?

□

9

要不是嘆氣要罰錢而且會被抓去關，
我就，
在你面前嘆氣了。

　　我真的只剩下這件事情可以努力了。努力裝作很開心，在聽見小右以及饅頭的揶揄後笑著跟他們胡說八道，在學校盡量不去看學弟妹的公布欄，故意不提那天晚上的東西有多麼好吃，或者這個夏天我們該去哪裡玩。

　　MSN始終處於離線的狀態，想在沒有人知道我的狀態之下偷偷關心黃若琳的暱稱，結果這麼剛好她也都沒有上線，天知道我一個晚上有幾秒鐘盯著電腦螢幕看，就怕像之前一樣錯過了，然後又會讓她等待。

　　只剩下一件事情可以努力很好。我如此專心只為了掃掉一點灰塵。結果才知道拼命把灰塵覆蓋上去的，不是黃若琳。是自己。

　　『什麼時候讓你的小學妹請我們吃晚餐？』小右經過廚房，就會過來敲我的門，這麼問著。

　　「想得美，不會給你機會的。」

　　『小氣鬼喔，怎麼你遇見這麼好的女孩，早知道我就先行動。』

　　「你喔，你只允許被護士打針，而且還是打屁股。」我故意提起小右不願意想到的。藉此離開這個話題。

　　『謝謝你，這種事還是交給專業的來。』

　　「小護士很專業啊！」我很刻意，對不起，小右。

　　『謝謝，小護士喜歡走左邊。』

　　「跟左邊有什麼關係？」

　　『因為我在她的右邊。』

　　我聽不懂，始終不懂，小右面對這樣的情況，就會變了一個人。說著很難懂的話。不懂是好的，因為不懂所以有機會犯錯。

　　這個禮拜過的很痛苦，我拖著自己的影子在世界上遊走，想不到理由讓自己可以像以前一樣。

　　『邦雲，你是不是身體不舒服呢？』上課的時候，彥伶問我。

「不會，我很好。」我說。

『看起來精神灰灰的呢，還好吧？』

「很好，最佳狀態。」

『那就好，希望沒事。』

我很認真地作筆記，我知道唯有這種方法，才可以讓我不去多想。彥伶似乎很意外我這樣的動作，頻頻轉過頭來看著。小右則趴在桌上不知道畫著什麼鬼東西，這個世界所有的人各自有自的事情要做，沒有什麼人應該因為別人的事情折腰。

時間過的無聲無息，好像被什麼化學原料稀釋了一樣。就是在這樣的時刻特別讓我想埋下一顆種子，不知道會發出什麼芽，而結成的果實會不會太酸了點。

『禮拜三最後一堂課停課，我們要不要去什麼地方？』

下課以後，彥伶跟阿凰問我，我聳聳肩，看著小右。

「我都可以，你們說吧。」

『要不要一起去唱歌呢？我們好像沒有一起去過呢！』

「彥伶說去唱歌，你去嗎？」我問小右。

小右的眼睛看著阿凰，那種肆無忌憚的眼神是我羨慕的。阿凰也察覺了，我發現這個習題很有趣，只是我無心欣賞罷了。

『要就要，不要就不要，我沒差。』阿凰對著空氣說。

『好啊，我沒問題，時間你們說吧。』小右說。

不知道阿凰現在對小右是什麼感覺，我從她對著空氣說話的表情，猜到也許她還對小右很不諒解。我想，愛情本來就不應該有什麼諒解，連了解也不需要。如果什麼東西都得建築在這樣的基礎上，也許就少了太多的激動，而理智會傷害人。

我太理智了，我很清楚這一點。也因為如此，我都傷害人，也傷害自己。很難讓我不去想像，如果一天阿凰真的跟小右在一起，會是什麼景象。這一對簡直是冤家，而這樣的糾結也許從第一次出

遊就決定好了。我不得不讚嘆老天爺的安排，如此巧妙，又如此有深意。

如果這當中有任何一個環節不同，現在的情緒也許就不一樣了。我也許不會跟這兩個女孩熟識，小右也不會跋涉在這樣的環境。對小右來說，改變了的結局好嗎？對我來說，又是如何呢？

當時我這麼想，其實心中感覺一點所謂也沒有。現在我知道了，這麼多年以後才知道。我會少了很多溫暖，但我希望我可以如此。這樣，也許我不會躲在一個時空裡面，看著一個女孩在另外的時空替我擔心、落淚、掙扎。而等到我發現了，什麼都不能重來。

禮拜三那天，太陽很大，空氣中有那種快要下雨的味道。不知道該怎麼形容，我想每個嗅覺正常的人，都可以理解那種潮濕帶點柏油路面揮發的熱氣。教室裡頭開著冷氣，卻好像只能發出聲音，其他用處都跟冷氣無關，我想這樣的時候特別讓人難以忘記。

『晚上要先去吃飯，還是直接去呢？』彥伶丟了張小紙條給我，娟秀的字跡。

我呆了半晌，才想起這場約。

「我都可以，你們決定吧。」彥伶拿到紙條之後，抬頭看了一下講台上的老師。

『你好像意興闌珊。』

「會嗎？我只是隨性好相處。」

『你總是沒有意見嗎？』我看著紙條，回想了一下。

「好像是如此，大家的決定就是我的決定。」我這麼寫下的時候，還沒發現自己某些脆弱的部分已經被彥伶發現。

『那我跟阿凰研究一下好了。』

小右狐疑地看著我，我對他搖頭。用嘴型告訴他「唱歌」兩個字，他點頭之後，我對著課本發呆。

空氣悶得讓我難受，於是下課時間我一個人跑到廁所，小右想

必在抽菸，如果這時候還讓熱騰騰的空氣進入我的肺，我一定會燒起來，然後變成一堆灰燼。

　　剛好起了一陣風，從上面的氣窗呼呼吹進來，似乎真的要下雨了。下雨前的時刻，總是特別悶。我洗把臉，在鏡子前面看著臉上的水不停往下落。我知道，這個時候總是很悶的。

　　口袋裡面振動著，我在牛仔褲上擦乾了手，拿出行動電話。

　　『若琳
　　　我今晚的飛機，你會來嗎？』

　　外面打雷了，不是很霹靂的那種，是悶吭的那種。不是轟隆隆的，是咕嚕咕嚕的。我的心臟好像也一樣。

　　「幾點的飛機？」

　　這五個字簡單到我國小三年級以前就會寫了。這時候在手機的鍵盤上尋找注音符號，卻覺得好困難、好困難。所以打雷會讓人的智商退化，而剛洗手完會讓人肢體動作不協調。我估計這五個字，我花了三分鐘以上才傳送出去。

　　『八點五十五分。』

　　我看著這幾個字，好像掉進漩渦一樣。於是我打開水龍頭，雙手捧著大量的水沖洗著自己的臉，就像掉進漩渦一樣。就是這樣。

　　「會。」

打完這個字，我已經用盡了所有的能量。接著就下雨了。

『不可以害我哭喔。』

我點點頭，看著手機。沒有回覆，所以我這樣點頭也不會有人看見。也不想讓人看見。走出廁所，雨下得有些大，很遠、很遠的天空那邊，可以聽見雷悶吭的聲音，小右在教室門口，我幾乎飄著走過去。

『你去淋雨喔？』他問我。

「沒有，我洗臉。」我說。

『洗臉洗到全身都溼了？』

「水太強。」

『你不舒服嗎？』

「這裡到機場，多遠？」

『問這個幹嘛？』小右狐疑地看著我，『一段距離吧。』

「怎麼去？」

『到底要幹嘛？』

我盡量保持冷靜，告訴小右我得去機場送黃若琳。小右還來不及問我太多，我急著要他回答我的問題。

『你不會想騎車去吧？不可能，一定要坐車。』

「是嗎？有公車嗎？怎麼坐？」

『我也不知道，可是晚上⋯⋯我們不是跟她們約好了⋯⋯』

「我會去，只是晚一點。」

『坐計程車去吧，比較快。』

「好。」我說，「八點多的飛機，六點出門可以吧？」

『笨蛋，要提早兩個小時到機場，等你八點多到，人都走了。』

其實我有點恨小右在這個時候告訴我這件事。如果真的像我所預期的一樣，那我就會跟黃若琳錯過了。這樣的話，會不會比較不悲傷？

「那我現在就出發。」我說。

『這麼早？』

「如果老師問起來，就說我身體不舒服。」

『好吧，那我們等你，會告訴你約在哪裡。』

我沒有心神思考今天晚上唱歌約在哪裡，怎麼聯絡。下著雨，我到教室裡頭收拾東西，彥伶看著我。

『邦雲，你要去哪裡呢？』

「我有點急事，晚上唱歌會晚點到。」

『是嗎？』她說，『那我們等你好了。』

「不，你們先唱，我晚點就到。」

『要去哪裡呢？這麼著急。』

「去機場。」我站起身，老師在這個時候走進教室。

『等一下。』彥伶呼喊我，『雨傘，外面下雨呢！』

我彎著腰，回過頭看著彥伶，不知道怎麼著，有點想哭。我接過她手上的雨傘，小聲跟她道謝，然後快步走出教室。

□

我回到宿舍整理自己，也整理空氣。

走出宿舍之後，我打起傘，突然有點希望彥伶的這把粉藍傘，是透明的。那麼我就可以看著天空，偷偷看天空悲傷的表情，是不是跟我一樣。然後陪著天空等待雨停。

「機場。」上了計程車，我對司機說。

『松山機場？』

「不，中正機場。」

很多年以後，中正機場改名叫做桃園機場。那些意識形態的東西在我心中沒有地位，我只知道，這年這天的這回憶，沒有因為它改名了而改變。當然也不會因為如此，記憶中的這天就成了豔陽高照。

路上有點塞車，我懂。台北的交通就是如此。上了高速公路，車上的計里程器跳動得飛快，象徵著我的皮夾也會跟著慢性自殺。

『那個航廈？』司機問我。

「不知道，飛美國的。」

『那是第二航廈機會大一點。』

「謝謝你，我沒問清楚。」

『放心，不會錯的。』

『一千七百八，算你一千七。』司機大哥笑著說。

「謝謝，你人真好。」

『急著趕飛機？』我掏錢的時候，司機客套地詢問。

「不，我去送人。」好酸啊。

『你一定不想那個人走。』司機說。

「怎麼說？」

『你的表情跟我說的。』

我摸摸自己的臉，不知道表情告訴司機大哥什麼。計程車司機都很厲害，包括這一個。我遇過不少計程車司機，也許因為我的臉友善，或者就是一臉很好聊的樣子，很多司機都跟我打屁。只是每次遇到的，都是過去有豐功偉業的司機，或者看破了世俗的大物。我是相信的，不管怎麼說，他們都在工作領域上，見過形形色色的人。雖然都是過客。

走進航廈的時候，我撥了黃若琳的號碼。

「若琳。」

如果我沒記錯，這是我第一次這麼直接叫她。

『米漿，怎麼了？』

「我已經到了。」

『這麼早？』她口氣驚訝地，『在哪裡呢？』

「第二航廈。」

『我都還沒來得及告訴你，你就知道了。』

「妳，到了嗎？」

『到了，正在辦手續，你等我一下好嗎？』

「好。」

我把電話掛了，坐在等候的椅子上，看著人來人往，每個人表情都大不相同。有人一派悠閒，看起來就像準備去渡假，有人一臉嚴肅，應該要去工作的，有的人離情依依。

航班時刻不停跳動著，我們就在這樣的訊息當中看著所有的人來來去去，生命也在這些跳動中跟著跳動。如果我可以像這樣靜止在一個冷眼旁觀的狀態，那有多好？

等了好一下子，我才發現少了點東西。我走出電動門，在外頭點起了菸，方才的計程車早已走遠，而彥伶借給我的粉藍色小傘，被我遺忘在車上了。

「對不起。」我對著空氣，也對著小藍傘。「對不起，把你放在那個地方。」我說。

我回到椅子上，不知道過了多久，若琳的電話才來。

『抱歉，讓你等這麼久，我爸媽堅持要陪我弄完手續。』

「這是應該的，不要緊。」

『你在哪裡呢？』

「我在等候區。」我說。

『那你手舉高高，我去找你。』

我把手舉得老高，四處張望，希望她可以第一時間就看見我。當我看見她熟悉的身影出現在我眼前，嬌小的身軀拖著幾乎要比她

還龐大的行李，我趕緊走向前。

『手可以放下了啦，笨蛋。』

「噢，我都忘了。」

『你怎麼這麼早？』

「因為……」我看著地板，「因為我說過，不會讓妳等。」

『那就好。』她偏著頭笑著。

「你的家人呢？」

『我要他們先回去了。』

「這樣啊，」我說，「他們一定很捨不得。」

『我也是。你可以陪我去送行李嗎？』

「當然可以。」我大聲。

『你太大聲了啦，笨蛋。』

我陪著她走到寄送行李的地方，替她將行李放上磅秤。好重，連我這個大男生都有點吃不消，不知道她到了美國，誰會替她把這麼重的行李拿下來呢？

『行李太重了，要罰錢。』若琳吐著舌頭，對我說。

『我去填寫資料，你等我一下喔。』

「好。」

雖然航廈裡面冷氣冷得嚇人，我看見黃若琳額頭上冒出幾滴汗水。我四處看了看，有便利商店，於是我走了過去，想買個飲料給她。看了老半天，還是不知道該買什麼才好，認識她這段日子來，才發現其實我一點也不了解她，連她喜歡喝什麼都不知道。

收銀台前面有個中年婦女，似乎在繳費，一大把的帳單讓我有些不耐煩，偏偏收銀員的動作又很仔細，即使不是刻意慢，也讓我很難受。終於結帳完，我走出便利商店，才發現黃若琳在原地四處張望，似乎正在找我。

「妳口渴了吧？飲料。」走到她面前，我拿起飲料。

　　『你去哪裡了？』她眼眶都是眼淚。

　　「我買飲料給妳喝。」

　　『喔。』她癟著嘴。

　　「怎麼哭了呢？不哭。」我說。

　　『我也不知道，突然間看不見你，就很想哭。』

　　我回想著剛才看著她一個人站在那兒，四周人來人往。那個表情充滿了無助，也充滿了失望。對於讓她掉眼淚這件事，是我心中的巨大遺憾。

　　「對不起，我不該這樣離開。」我說。

　　『沒關係，只是不知道為什麼，沒事的。』

　　「說好不要讓妳哭的……」我內疚地。

　　『米漿。』

　　「嗯？」

　　『你會不會有天也這樣突然不見？』

　　「不會的。我保證。」

　　『那如果有一天我突然不見了呢？』

　　「我會找到妳的，放心。」我咬著牙：「況且妳答應過我，每年生日都要跟我說生日快樂的。」

　　『嗯，我不會忘記。』

　　我陪著她坐在等候區，廣播告訴我們，還有三十分鐘就要去候機室裡頭等待了。再過沒多久，台灣的一切即將被飛機帶走，而我跟她的距離將不只台灣以及洛杉磯這麼遠，中間還有十五個小時。

　　「妳到了那邊，要住在哪裡呢？」

　　我幾乎找不到話題，黃若琳的臉上還留著淚痕。紅紅的鼻子，紅紅的眼睛，紅紅的心。

　　『我會先住在親戚家，如果申請到學校，就有宿舍了。』

　　「妳要申請什麼學校？」

『還不知道，大概是設計類的吧。』

「設計類的啊！」我說，「可惜我不懂。」

『米漿，你要好好照顧自己喔。』

我只想說著無關緊要的話，就為了逃離這種分離似的對白。終究逃不掉的，我知道。只是真正面對著時候，心臟還是會多了幾百公斤，跳動起來也變得相當不靈活。

「妳才要好好照顧自己咧，身體這麼不好。」

『是啊，我爸媽很不願意讓我去國外唸書。』

「他們是擔心妳，這是正常的，所以妳要好好照顧自己啊。」

『你放心，沒多久我媽媽就會過來陪我了。』

「那就好。」我希望，我也是那個陪伴她的人。可惜不是。

『米漿，我差不多要走了。』

我站起來，替她拿起隨身行李。

「妳要多保重。」我說。

『你也是。』

上了手扶梯，在候機室前面，有人檢查著機票。前方一堆人在排隊，我想這就是最後的時刻了吧！

『你不可以偷偷跟女生出去玩。』她說。

「啊？」

『不要裝傻，你聽見了。』

「好，我發誓。」

『也不可以移情別戀。』

「好。」我很開心，聽見這樣的話。

『要等到我同意了以後，才可以喜歡別的女生。』

「就算妳同意，我也不會的。」

『少來，男生都這樣說。』

她嘟著嘴看著我，我很開心，也很難過，這樣拉扯之間的情緒

讓我不知道該怎麼辦才好，眼眶有點溼潤。也許剛才的雨，不小心打進了我的眼睛裡面了吧。

『再見，米漿。我會打電話給你的。』

「再見。照顧自己。」我掉下眼淚，好孬。

『距離也許會剪掉很多的思念。』她說。

「我希望如此，因為我一定會很想妳。」

想念妳挽著我的手，一起去買菜。想念你摟著我的腰，讓我載著妳回家。想念妳笑著看我，罵我笨蛋，想妳拿禮物給我，等我好久。想著妳煮的東西，那個味道，想著妳靠著我的肩膀，說我可以愛上妳。

『你可以親我一下嗎？』我愣住一下，然後點點頭。

『你怎麼這麼討厭，要女孩子開口說這樣的話。』

「對不起。」

『你笨死了，我不理你了。』

她轉頭過去，很生氣的樣子。我急了，拉住她的手，將她轉過來。然後把嘴唇貼在她的嘴唇上，輕輕的、輕輕的。

「黃若琳，我喜歡妳，妳可以當我的女朋友嗎？」當我的嘴唇離開她的嘴唇的時候，我這麼問著。

『你是故意的嗎？一定要這樣嗎？』

她的眼淚掉落的同時，我的腦中又浮現她站在機場大廳，那個無助的模樣，以及左右張望的焦急。

「不要哭，對不起。」我說。

『你真的很討厭。』我拍拍她的頭，看著她，直到輪到她的那一秒鐘。

『米漿，對不起。』

然後她轉過身，就是十五個小時的距離了。

□

　　我招了計程車，形態上一個人來，一個人走。狀態上，我少了一把傘，也少了一個在心中的女孩。

　　我撥了電話給小右，他告訴我他們剛進去KTV，就等我了。雨漸漸小了，車子的雨刷在擋風玻璃上發出嘰咕嘰咕的聲音。我告訴小右，我很快就會到，其實我也不知道要多久，也許永遠都不會到了也說不一定。

　　『若琳

　　　答應我，不要太快忘了我。』

　　收到她的這封訊息，我難過得想抓爆自己的頭。我回傳了一個「好」字，就再也說不出什麼話了。她的身上有陌生的味道。她的表情有讓我心痛的味道。這些都不重要了。

　　我下了車，自己都不知道是怎麼被載到這個地方，也不知道還有哪個地方屬於我，我只想把自己拋在這種情緒後頭，希望小右買多點啤酒，今晚我沒有酒精，可能很難度過。

　　打開包廂，四個人，多了饅頭。大家氣氛正好，唱著很快樂的歌，我打起精神，撐出微笑。

　　『晚來罰三杯。』饅頭拿著麥克風說。

　　「沒問題。」我笑著。

　　一口氣灌進了三杯啤酒，覺得還不夠。

　　『怎麼這麼晚，等了你好久了。』阿凰沒好氣的。

　　「對不起，司機開太慢了。」我說。

　　『不要喝這麼急，傷身體，你吃過飯了嗎？』

　　我看著彥伶，對她搖搖頭。

『先吃點東西吧，沒吃東西就喝酒，不好。』

「沒關係的。」

『怎麼可以呢？』

我拿出一把全新未開封的傘，遞給彥伶。

「對不起，妳的傘被我落在車上了。」

『沒關係的，你先點東西吃吧。』

「我不餓。」我說。

我舉起酒杯，對著小右跟他敬酒。小右看了阿凰一眼，對我搖頭。阿凰正瞪著他。

「幹嘛，不敢喝啊？」我說。

『有什麼不敢的，我……』小右吞吞吐吐，『我想唱歌不行嗎！』

我自己喝乾了杯子裡的酒，氣泡讓我的食道充滿了刺痛的感覺。小右坐到我身邊，鬼鬼祟祟地。

『怎麼了，都還好吧？』

「沒事，當然好。」

『看起來好像真的沒事，那我就放心了。』

「幹嘛，搞得我好像你孫子一樣，喝酒也不敢！」

『阿凰不准我喝太多。』

「哇！現在是什麼情況？」

『我自己也不知道。』

饅頭點了首奇怪的歌，大家都沒聽過，歌詞卻有夠好笑。我也忍不住笑了，這個「我」是指大家看見的那個我。而看不見的那一樣，我已經遺留在機場大廳了。

服務生走進來，送上一盤水餃。

『趕快吃吧，我點給你的。』彥伶對我說。

「我不餓，真的。」

『不吃東西喝酒會傷身，吃一點吧！』

「我真的不餓啊！」

也許多喝了點，加上音樂的聲音，我說話的聲音有點大，怎料到我剛說完，音樂就停止了，顯得我的話很尖銳而大聲。彥伶點點頭，似乎被我的話嚇到，空氣有點凝結。

『你這麼大聲幹嘛，人家也是為你好。』饅頭敲了兩下麥克風。

「沒有啦，音樂太大聲，所以我才說話……」

『沒關係的，他不是故意的。』彥伶說。

彥伶，對不起我沒有在這個時候跟妳道歉，因為我的心好亂、好亂。如果可以回到那個時刻，我一定會跟妳道歉，告訴妳我的內疚。雖然來不及了。

我悶著頭吃水餃，跟大家說了聲對不起。也許就因為我們這麼好，所以沒有人計較我的不妥。我掩飾得很好。也因為如此，快樂的氣氛讓我很不自在。

我拿起麥克風，跟小右一起唱搖滾歌曲，這個時候需要嘶吼。我幾乎把靈魂都吼出來了，才發現靈魂是空的，在這種快樂的場合，更顯得我的笑容虛偽到極點。

『你……還好吧？』我坐下來休息，喝了杯酒，而彥伶坐在我身邊。

阿凰在小右身旁，饅頭打開包廂的門，一個女孩走進來。

「我沒事啊，怎麼會有事呢？」我笑著。

『看見你這樣笑，我覺得有點難過。』她說。

饅頭打斷了我跟彥伶的對話。

『跟大家介紹一下，這是我的女朋友，煎包。』

『誰是煎包，好難聽！』女孩用手肘頂了饅頭一下。

『這樣比較好記嘛，我是饅頭，妳是煎包，多配！』

　　我們都笑了，女孩很可愛，臉像蘋果一樣，個頭不算太高，大概比黃若琳高一些，頭髮比黃若琳短一些，皮膚因為包廂燈光昏暗，分辨不出白或者黑，穿著時髦，少了黃若琳那種特殊的風格。

　　我的形容都以黃若琳為基底，我才發現她如影隨形，好像空氣。我點了菸，拿起啤酒對著那個女孩。

　　「煎包，我敬妳！」我說。

　　『你神經病啊，第一次見面就跟人家喝酒！』小右大喊。

　　「不然呢？」

　　『要也是我先來，煎包，我敬妳！』

　　阿凰踹了小右一腳，把煎包拉到一旁坐下。彥伶笑著把桌上的東西收拾好，垃圾丟進垃圾桶裡頭，儼然搶走了服務生的工作。

　　「沒關係，不要忙，這些事交給服務生就好。」我說。

　　『反正我也很清閒。』她笑著。

　　「謝謝妳替我點餐，我剛才不是故意這麼大聲的。」

　　『我懂，我不會介意的，你別多心。』

　　「哈哈哈，那就好，我就知道妳最好了。」

　　『謝謝你。』

　　也許喝多了，我開始有些放縱。這些話我平常不太會說的。彥伶可能了解，所以在我杯子裡加了很多冰塊，也替我倒了杯熱茶。從頭到尾，我都沒碰過那杯茶，只是不停地喝著酒。

　　『別喝太多。』

　　「不多，大家開心嘛。」我笑著。

　　『不要這樣笑，好嗎？』她小聲地。

　　「啊？」我沒聽清楚。

　　『不要這樣笑，我感覺出你不快樂。』

　　我盯著彥伶好一會，手中的啤酒一口喝乾。彥伶似乎有點受不了我這麼直接的眼光，低下頭去。我從口袋找了半天，只有一枚

五十元硬幣，我抓著彥伶的手，把她的手掌打開，放在手掌心上。

「彥伶，我可以嘆氣嗎？」我問她。

這個時候，其他的人都唱著歌，各自聊天，音樂好吵。也許在這麼嘈雜的環境中，我才能夠發現自己的心有多麼安靜。

『為什麼呢？』

「要不是在妳面前嘆氣要罰錢，而且會被抓去關……」我說。

『你遇到了什麼不愉快的事嗎？』

「我可以嘆氣嗎？」我又問了一次。

『是學妹嗎？』

「妳怎麼知道的？」

『小右說你去機場，應該是送學妹吧。』

「對啊，學妹出國唸書了。」

『你喜歡她，對嗎？』

「都來不及了，反正人家都飛走了，哈哈哈。」我笑著。

『你不要這樣笑，這樣笑我覺得比看見你哭，還要令我難過。』

「謝謝妳這麼關心我。」彥伶把硬幣塞回我的手上，對我搖搖頭。

『如果你想嘆氣，就嘆氣吧，但是不要對著我笑。』我看著硬幣發呆，突然覺得這個硬幣好重、好重。

『看見你這樣，我真的好難過。』

彥伶的眼眶紅了，雖然沒有眼淚，也很快地被她掩飾過去。但是我看見了，這個晚上第二個女孩在我眼前紅了眼眶。阿凰在小右耳邊不知道說著什麼，饅頭跟女朋友手拉著手，正唱著男女對唱的情歌，這樣的空氣中到處都是快樂的味道，我卻把悲傷傳染給眼前這個溫柔的女孩子。

『你為什麼不把她留下？』彥伶說話時，沒有看著我。

「沒辦法，我沒辦法這麼做。」我說。

『她知道你這麼喜歡她嗎？』

「應該知道吧。」

『那她爲什麼不留下來呢？』

「因爲這是她的夢想。」我說。

彥伶點點頭，若有所思的模樣。我又倒了杯啤酒，冰塊在杯裡摩擦發出聲響。

『最後一杯了，好嗎？你今天喝太多了。』她說。

「好吧。」我點頭。

我把杯子放下，呆呆望著。

我懂了，終於懂了。我們都像夏天放在桌上的冷飲杯。孤單的站著，然後淚流滿面，還以爲有一天會被什麼人捧走。只是那個人走了以後，我們就只能這麼站著了。

今年的雨水不好。所以我的這片土壤，沒什麼養分。我的養分都隨著黃若琳到LA去了。

那天離開KTV，我的腳步幾乎踩在雲端上。小右載我回家，原本應該我們載兩個女孩回家的。什麼都不對了，在那一秒鐘，我也都沒有辦法思考了。

跟大家道別的時候，我隱約看見彥伶的耳朵上有銀色的耳針。閃閃發亮。也許是我喝醉了，也許我眼睛長了水果刀，所以看錯了。但是那種亮度足以將我的靈魂抽乾。從此以後，我永遠忘不了那種溫暖，以及那一天的雨帶給我的悲傷。

□

我是用怎麼樣的姿態看著一個女孩？爲我點餐，不讓我空腹喝酒。關心我的課業，讓我不至於遇到太大的麻煩。主動願意陪我去場勘，知道我這樣理性的一個人，骨子裡多麼害怕寂寞以及被忽

略。

好像在夢裡一樣，所以這樣的畫面並沒有在我心中留下太多深刻的疤痕。會用疤痕來形容，因為這著實是一種痛，對我來說如此，對彥伶來說應該也是。

這樣的姿勢也許太草率了。於是我把一切當成理所當然，如果若琳是我亟欲追求的那顆太陽，就如同我說的，那會燙人的平底鍋。彥伶的確也讓我理出很多、很多的回憶，在我什麼都不知道，只知道靠自己的想像去建築愛情的過程當中，留下一點可以收藏的紀念。好像每年都會來的梅雨一樣。

也因為水太多了。太多了。所以稀釋掉空氣中的氧氣，讓我以為氧氣不是真的，我摸不到。等到這麼久之後，才知道不是我所想像的。

四個字。「無所不在」。

接下來的日子，從我跟若琳相隔十五個小時之後，我就開始記憶模糊了。只剩下那天晚上買醉的些許過程，甚至在饅頭跟那個我只見過一次面的女孩分手了，我才知道當天我喝茫了，女孩的綽號是刘包，不是煎包。你看記憶出了多麼離譜的錯。

也許不能怪我記憶模糊，那段日子的軌跡要我重新刻劃一次，實在太過分，就好像明明已經考試結束，卻被人逼著硬要回想第三大題第二小題的第三個選項是什麼一樣。

你他媽的，你幹嘛不自己去回想？

我就是這樣，加上酒精的反作用力推波助瀾，那段日子我幹了什麼好事，數也數不清。唱歌那次，是我大學唯一一次跟著他們幾個去KTV，我本身不是個High咖，唱歌這種事除非有喝不完的酒，否則我不太參加的。

第一次也是最後一次的感受很奇妙，偏偏我人生中存在了大半這樣的經歷，該說我是天公的兒子，還是我被撒旦詛咒？總之，渾

渾噩噩成了我頭上的四個大字，小右跟阿鳳之間，我也沒心多問。我以為全世界都很幸福，我是被唾棄的一個，當我獨自走出陽台抽著菸，小右總會跟著我，替我點菸，陪我看樓下路過的人，我才知道很多軌道不是隨便可以拆除。

『你要用心，用力量才能拆掉那些執著。』小右說。

「我有心，力量超大。」

『我懂。因為還有另外兩個關鍵，都不是容易的。』

「什麼？」

『眼淚，還有等待。』

我等啦，我說。小右拍拍我的肩膀，沒有回話。

我很清楚我是怎麼樣等待的。我計算著飛機大約抵達LA的時程，然後藉口喝醉了待在宿舍裡盯著手機，我想若琳應該會撥個電話給我的。

這一等，就是兩天了。兩天只是個大概的計量詞，也許我根本不知道自己等了多久。或許只有半天，或許是兩個禮拜，甚至更久。

每天我的MSN都開著，我祈禱女孩會上來，告訴我那邊的空氣是不是比台北好，天空有沒有像電影演的這麼藍，有沒有看到大明星，或者湖人隊的球星。

這樣開著，就開到了新學期的開始。差不多也是兩天的距離吧，我猜。新學期、新學妹，但那都與我沒有關聯了。

油條有了幾天的假期，提議我們出去冒險。饅頭說好，小右也同意了，只有我沒有什麼想法，幾乎可以說是被抓走一樣就參加了這樣的冒險。

出門的那一天早上，大家都準備好了行囊，小右卻臨時告知我們他無法出門，饅頭去廚房找菜刀，油條力大無窮，舉起了沙發，我打開電腦搜尋「速學格鬥殺人技巧」。

『老闆，臨陣退縮沒小鳥。』饅頭生氣地。

『先挑斷他的腳筋，其他之後再說。』油條怒目。

「你還記得我們的座右銘嗎？」我看著小右。

下定決心、不怕犧牲、排除萬難、我們要發達。這是我們的座右銘，只提過一次，就在看到很多年前的老電影，周潤發演的。那天下午我們四個跟瘋子一樣學著這樣的口號。不過從那天之後，這是第一次提起。

『對不起，兄弟，我真的有事。』小右說。

「什麼重要的事比我們還重要？」我很疑惑。

小右堅持不說，就是不說。車鑰匙在我們手上，小右的表情充滿了無奈。很久之後我們才知道，前一天晚上，小護士打了電話給小右。也難怪小右不說了。

我們知道了肯定不會怪他，但是這樣一通電話就飛奔過去被傷害，是我們絕對不允許的。只有旁觀者不允許是沒用的，沒有人可以保證自己在同樣狀態下，不會搖著尾巴去傷害自己。

旅程的開始有了挫折。第一天上路，我們就到水上樂園去。三個男人只能不停挑戰最缺德的滑水道，不知道這種滑水道是設計來幹嘛的，簡直就像高空自由落體一樣，我的屁股只有在下降之前短暫接觸過滑水道，剩下的就是哇哇叫等著下面濺起大量的水花。

「我們為什麼要山長水遠的跑來折磨自己？」

我很疑惑地問著油條，指著我屁股上摩擦破皮的部分。

『因為這就是人生。』他說。

當天晚上我們入住了火車站附近的飯店。

說好不提的，但是我無法忘記在我們三個打著瘋狂大老二的時候，油條丟在桌面上的牌卻好像被什麼人生氣似的拍到廁所附近。而明明剛才還在倒的飲料，放在腳邊，一個不留神就跑到床頭櫃上。雖然我們一直懷疑是饅頭惡作劇，因為他坐得離床頭櫃最近。

可是，饅頭離飲料原本放置的位置最遠。

　　當天晚上，我們都沒洗澡，因為即使我們膽子很大，這種狀態下我們卻立刻安慰自己，在水上樂園已經洗過澡了，身體很乾淨。如果哪一天我想不開，也許會把這段恐怖的經歷寫下來，保證會成為「鬼影追追追」最佳代言人。

　　第二天，我們到了劍湖山恐怖的G5挑戰，現在要我回去坐兩次，恐怕會要了我的小命，而如同油條說的，往死裡走才是人生，每個人都一樣，明知道有些地方不能去，偏偏就說不聽，有些東西不該碰，偏偏就覺得自己八字重。感謝這樣的遊樂器材。我在驚叫到差點漏尿的狀態下，真的有那麼一秒，忘記了黃若琳。

　　那一秒鐘的我，是快樂的。非常快樂。

　　『老闆，你說我們會不會太無聊？』晚上逛著夜市，饅頭突然這麼問。

　　「會嗎？」我是開心的，比醉生夢死好。

　　『的確，三個男人沒有女人，怪怪的。』

　　『所以老闆，我們是不是該……』

　　「你們要幹嘛，該不會想亂來吧？」

　　『回去飯店你就知道了。』油條奸笑著。

　　我們當然沒有住原本那間充滿驚奇的飯店，換了一個商務旅館。看起來雖然不是破破舊舊，但是也不算高級豪華。回飯店之後我心中一直懸掛著這件事，我可不想看到真的出了什麼太誇張過分的事。

　　我們打屁哈啦，到了差不多該休息的時候，油條拿著電話。

　　『嘿嘿，高級的、刺激的要來了。』他說。

　　「不要亂鬧喔！」我大聲。

　　『樓下好像很多妹妹，這間飯店好像服務不錯喔！』饅頭上火了。

「你們別鬧啦，這種事情我沒辦法接受。」我正經的說。

油條拿起電話，確實按了幾個號碼。饅頭興奮地拿枕頭矇住臉，不知道哇哇叫著什麼勁兒。我衝上前去，想阻止油條胡鬧。

『對不起，明天早上有沒有模擬叩？』

快要撲殺油條的我，差點跌倒。這機車的人，竟然敢耍我，而饅頭在一旁笑昏了，想必這是一連串有計畫地整人節目，我老大不高興。

「鏡頭在哪裡，拿出來！我就知道你們在整我，不要躲了，攝影機咧？馬的，最好是聯合起來整我啦！」

我們笑翻了，差不多要把世界翻轉過來那麼開心。

『米漿，開心點。』油條說。

『沒錯老闆，看你這樣我們都難過。』

真的嗎？我遇見了一群好人。

同樣這麼對我說的，還有彥伶。我總可以很輕易想起在學校，我如同行屍走肉一般晃著，上課前她都會盯著我看，那溫柔的眼神好像冬天的暖風掃過我的臉頰，一點都不刺痛，卻暖和地讓我想睡覺。

『邦雲，你的顏色太灰了。』她說。

『可以開心一點嗎？我很為你擔心。』

我總是故作瀟灑對她笑著，無所謂的模樣不知道是裝給誰看。只是等著，一點消息都沒有的等，不可以顯露出來，卻非常焦急。很灰嗎？

我發現彥伶真的打了耳洞，那天晚上不是燈光昏暗看錯，也不是我搬穿了。我好奇地看著她耳朵上閃著藍色亮光的耳棒發呆的時候，彥伶不好意思地摀住自己的耳朵。

「很好看。」我隨口。

『謝謝。』

　　我沒有多問為什麼怕痛的她會去打耳洞。對於那個狀態的自己，我根本提不起興致。想到這裡，我看著饅頭耳朵上的耳棒。

　　「饅頭，打耳洞會不會痛？」我問。

　　『看打的地方吧，耳垂還好，不太痛。』

　　「真的嗎？」我不太相信。

　　『真的啊，你去打打看就知道了。』

　　「我不要。」

　　油條熄了燈，我們你一言我一語隨口說著，陌生的床，陌生的空氣。還有陌生的心情。

　　差不多快睡著的時候，電話好像在叫。我勉強睜開眼睛，從床頭櫃上拿起手機。好像做夢一樣。這場夢太折騰人了，有色彩，有場地，有人物。

　　夢裡，我好像回到了十五個小時的距離以前。

□

10

你也沒有變漂亮嘛,還好。
如果你變漂亮了,那就太不公平。

如果你變漂亮了,那我們就
就怎麼都回不去,回不去那個時候了。

對嗎?

　　『米漿，能不能告訴我，你那邊幾點了？』

　　當我聽見這樣的聲音，我從床上起身，拉開陽台的玻璃門。外頭傳來冷氣運轉轟隆隆的聲音，外頭的溫度好高。

　　「十一點三十分。」我冷靜地。

　　『你知道我這邊幾點嗎？』她的聲音如昔。

　　「不知道咧。」

　　『后，你竟然忘記了，我這邊早上八點半。』

　　妳知道嗎？若琳。我是故意忘記的，就想聽見妳親口跟我說。

　　「妳在那邊都好嗎？」我艱難地。

　　『都很好，你呢？』

　　「也非常好。」我說謊了。

　　『那就好，我很擔心你。』

　　「我才擔心妳，這麼長時間沒有跟我聯絡。」

　　『對不起，因為剛到這裡很混亂，也沒有電話。』

　　「沒關係，我知道的，我沒有怪罪的意思。」我說：「這麼早起嗎？」

　　『其實……』她吞吞吐吐的，『我在看醫生。』

　　「怎麼了？」我恨不得立刻飛奔過去。

　　『沒事，這邊看醫生好麻煩，又好貴唷！』

　　「妳要照顧自己啊，不要開玩笑。」

　　『我會啦，你很好，我就會很好。』

　　「長途電話，我們不要說太久。」

　　像這樣言不由衷到底有什麼意義？我不懂。我多希望跟她說一百分鐘、一千分鐘、一萬分鐘。可是卻還是這麼告訴她。

　　『好。』她說。

　　「好好休息。」

　　『我拍了一些照片，有機會讓你看看。』

「好的，妳有變漂亮嗎？」

『你猜。唉，我瘦了，好醜，你會不會不喜歡我了？』

「不要嘆氣，胡思亂想幹嘛呢？」

『你希望我變漂亮嗎？』

「不希望。」我笑著，「原本就很漂亮囉！」

『討厭鬼。』

「去休息吧。」

掛上電話，跟她道別之後，我才發現忘了問她聯絡方式。至少可以讓我不要這麼被動，只能等待。來不及了，還好我提醒她，要她有空上上MSN，跟我說說話也好。

等我回過神來，已經在回家的路上。我被外星人抓走了，他們在我腦子裡面植入晶片，讓我忘記發生了什麼事，連正要去哪裡都不知道。我在車上嘗試將腳放在自己的脖子上，車上另外兩個人在休息站停車之後，把我扛下車，讓我喝了兩大杯的礦泉水。

『這傢伙肯定中暑了。』油條說。

『我看，是中邪了，老闆。』

『幹，說好不要再提。』

我知道自己做了什麼事，偶爾我也會想到匆匆兩個字這麼多隻腳，跑起來的速度一定非常快。所以我想，如果可以把腳換到頭上，速度會不會慢一些，過去的事情會不會重來。

旅程結束了，日子還在跑。回到宿舍之後，小右在客廳坐著，桌上放著不少啤酒空罐子。看見我們回來之後，很開心近乎討好似的跑往冰箱拿出一手又一手的啤酒，好熱。

我們各自有著不同的心情，也為難著各自的表情。旅途的疲累讓我們少了點衝動說些屁話，也相當有默契地不過問小右跟小護士，我跟若琳之間的一切。

誰在踢著誰的寂寞？這個時候的我們，誰又知道誰舉起了腳，

卻只爲了往前踏一步？這個夏天結束得太快了，明明還是九月天，大家額上也布滿了汗水，卻覺得秋天來得急了，冬天好像也要到了。剩下的記憶，是我們四個人在客廳搬穿了，兩個疊在沙發上，饅頭跟油條；兩個杵在地板上，我跟小右。我的腳還放在小右的肩膀附近，我想他懂的。我是爲了讓時間顛倒走，一秒、一秒倒退，很快就會回到我跟他最想回去的那一天吧。

　　我回到了軌道。這個全世界的人努力鋪設下來的軌道，我踩著它。可惜每晚的MSN上面，仍舊很少見到黃若琳，我有些生氣，即使我過分冷靜的個性讓我這樣的急躁不安隱藏起來。

　　第一次在MSN上面遇見黃若琳，那朵花兒在我眼前耀眼。當下的第一秒鐘，我幾乎就要從椅子上跳起來了。只是很難懂的，我竟然忍著沒有立刻丟訊息給她，看著她不變的暱稱，不變的那朵花兒，以及離得好遠、好遠的距離。

　　「妳在忙嗎？」

　　這四個字用盡了這些日子以來所有的勇氣。然後一如往常，我等著。十分鐘過去，沒有回應，她的狀態成了離開。我按耐不住心中那股躁動，丟了第二個訊息給她。

　　「身體還好嗎？」

　　我想，兩個人之間成了只能用問句來開頭，不知道算不算一種悲哀。這次我等了五分鐘，等到了回應。

　　『你是Carol的Friend？』

　　「我是米漿啊，Carol是誰？」

　　時間有過得這麼久，足以讓一個人忘記另外一個人嗎？我的心臟有點刺痛。好像被什麼人捏緊了，然後不肯鬆開。

　　『Carol就是若琳，你是她朋友嗎？』

　　「是。你是？爲什麼會用她的帳號？」

　　『她請我上來幫她找一個叫做Cloud的人。』

「對不起，我不認識。」

我好失望、好失望。等待了這麼久，卻不是本人，我開始憤怒，這個電腦那一頭打字很慢，說話很怪的人。

『Sorry，我中文不好，Cloud翻譯成中文，該怎麼說？』

「克勞德啊。蠢。」

『克勞德就是Cloud？in sky？你last word是什麼意思？』

我不負道德淪喪的先驅，竟然偷偷罵人。說實話，我應該是光明正大地罵。誰管他克勞德是什麼，神經病。我索性不鳥這個傢伙，點到其他網頁隨意瀏覽。

『你說錯，是雲。你知道這個人？』

我點開對話視窗，然後愣在當下。會不會是我呢？

「會不會是我？」

『I don't know.』

「我是戴邦雲。」

『你剛才那個“蠢”是在罵人對吧？』

「不好意思，打太快了。」

『Never mind.你是Cloud？』

「若琳有什麼話要跟我說？」

這傢伙打字速度真的爆慢，在電腦前面的我快要燒起來了。這個人沒有直接回答我問題，只重複了一次他的中文不好，一邊打字一邊問旁邊的人。我忍不住催促他，也重複了我的問題。他要我等一下，他從Mail box裡面copy。因為他不懂那些中文怎麼打，也不知道確實的意思。

『米漿，抱歉沒有時間上線。我很好，你呢？

希望你也照顧自己。

可以告訴我，你那邊幾點嗎？』

　　短短幾句話，我看了一次，仔仔細細，來來回回。不知道這女孩怎麼了，連上網都這麼困難？還得委託別人轉達消息？為什麼可以給這個「別人」Mail，卻沒有告訴我更多的消息，尤其是怎麼聯絡的方式。

　　「請問Carol在哪裡？為什麼不能上網？」

　　每次打完字之後的等待，都讓我覺得有人拿著強酸在我胸口慢慢地傾倒，劇烈的疼痛以及毀滅性的爆炸都在蔓延。

　　『Sorry, a moment, OK？』

　　我很想在後面打個法克油還是沙拉油的，但是我沒有。等了好一下子，終於視窗又閃了起來。

　　『她現在住的地方不能上網。』

　　「有她的聯絡方式嗎？」

　　『這個我問她，她告訴你，什麼都很好。』這個人打字突然快了許多，我想是換了一個人吧。

　　「謝謝你，請問你什麼時候可以給我答案？」

　　『會快一點。』

　　對話就到這裡結束。我得到的只有空虛，沒有救贖。等待加上等待，就是無止盡的等待。我不知道再這麼等下去我會變成什麼樣的我。放棄的念頭稍微在我心中湧起，一絲絲的。

　　當我每天等待著新訊息的時候，我都不知道那個原本的我已經不知不覺離開了，取而代之的是一個面目猙獰的我。我以為那個跟我對話的人其實是黃若琳，她跟我玩著小遊戲，只是想考驗我對她的愛是不是情比金堅，這樣的試煉不算什麼，只是稍微拿出耐心。

　　怎麼知道這麼一等，好幾個月就過去了。

□

　　偶爾都會接收到訊息。感覺好像過年過節的時候一樣，若琳的

帳號成了傳送罐頭資訊的櫥窗，時間一到，就會給我一點消息。那
次之後第一次收到，是在早上八點，也就是說LA時間下午五點左
右。這個剛好的時間讓我很意外，早上八點我剛好無法待在電腦
前，除了扼腕，就是不爽。

『米漿，最近好嗎？應該還在睡吧。
　時間過得好快，很懷念台灣的日子。
　很想你。你那邊現在幾點呢？』

　　對著這些字，記憶中的那個個頭小小，皮膚白白，有著燦爛微
笑的女孩竟然變成了幾個簡單的中文字。突然覺得自己好好笑，連
想把握的東西都抓不住。

　　我記錄她給我的這些話，在電腦裡面。連時間都記錄下來，就
是因為我不想忘記。這些東西將來都會成為我質問她的呈堂證供，
我要她知道我多麼用力地等待著。

　　第二次收到訊息，當我看見對話的那一端，那個人的狀態已經
是離線，我的失望巨大到難以承受。時間在中午十二點，非常非常
準時。LA時間應該是晚上九點。恰好又是我比較難出現在電腦前
的時刻。我氣得差點把小右丟出窗外餵狗。

　　『幹，關我屁事。』他說。

　　「我很生氣，你讓我丟一下會死嗎？」我不是用開玩笑的口
氣，我的理智逐漸喪失。

　　『好啦，看你雞雞歪歪的，一定又思春了。』

　　「你才雞雞歪歪的。」

　　笑話。我都放得很正。

　　小右懂我，所以沒跟我計較。這段時間的我，弄丟了那個理智
的自己。我討厭這樣暴躁的自己，卻也覺得這樣的我，很像人。

『我很想你，你有好好吃飯嗎？

　菸少抽點，對身體不好。

　我一切都好，還是喜歡想著你吃我煮的咖哩飯的樣子。

　記憶中的一切是我的寶藏。你那邊，幾點呢？』

　　每次我跟小右中午吃飯的時候，就會邊吃著雞腿或者排骨什麼的，一邊問著小右時間。

　　『十二點二十八，你已經問我第三次了。』他沒好氣的。

　　「你覺得這個時候的我們，會不會都在浪費生命什麼的？」

　　『你不要一直問我時間，我就會好一點。』

　　其實我是想到了若琳給我的字。對我來說那就只是字，簡單的勾畫出來，交代一下，好像這樣說說就代表我們中間還有一條線拉著，不會太快斷裂。

　　「小右，幾點呢？」我忍不住。

　　『十二點四十分。』小右瞪著我。

　　「這麼生氣幹嘛？」

　　隨著臭氧層越破越大洞，二氧化碳越來越多，我的狀態也破了個洞。同時破洞的不只我，還有彥伶。她耳朵上的耳棒已經變成了大大的耳環，我不懂那圓圓的東西該怎麼形容，總之像極了一個防空洞，上課時間如果她剛好坐在我身旁的座位，我總忍不住往那個洞看去。

　　『怎麼了？』她瞇著眼睛看著我。

　　「沒有，耳環很漂亮。」我說。

　　『謝謝。』

　　「為什麼只有一邊呢？」我好奇。

　　『左邊的耳洞密掉了，找機會再去打吧！』

　　「原來如此。」

『最近心情好多了嗎？』

「超好，好得都要飛上天了。」

我的心情不好是否寫在臉上？還是彥伶總是早一步寄生在我的靈魂裡面，看透了我的思想。我不知道。

考試前彥伶還是會到宿舍替我補習，我對課本上面有什麼東西一點興趣都沒有，但是在彥伶的逼迫之下，我還是努力扮演好一個學生的角色。在她的講解之下，我突然發覺這樣的情景是理所當然的，看著小右、阿鳳以及彥伶，我們窩在客廳裡面，看書累了就一起去吃個宵夜，好像這樣的組合是慣例。

每當考完一次考試，我就會想起剛入學的時候，那個像從漫畫書裡面走出來的學姐，眨著大大的水亮的眼睛對我說：

『學弟，大學時間過得很快，一定要好好把握。』

可惜，對這個時候的我來說，時間過得異常緩慢。但是不知不覺間，又快速往前推移。這樣的矛盾讓我不知所措，於是只好眼睜睜看著歲月流逝，卻什麼也沒有留下來，只有一堆、一堆的字。

『你的房間在廚房的左手邊，藍色的床單。

　書桌除了電腦，右手邊放了幾本書。

　有背號的球衣掛在衣櫥上。

　我是這樣想念你的。你是怎麼想我的呢？

　幾點了，你那邊？』

第三次。時間在早上十點半，我人在學校。我試著在她可能上線的時間留在電腦前，卻總是錯過了她的訊息。如果緣份可以拿東西來換，我可不可以拿我想念妳的時間來換取任何一次可以遇見妳的機會呢？

我慢慢發現這當中有點詭異。會不會是黃若琳故意離線，確定

了我不在線上，才丟我訊息。這是一種躲避嗎？好像小學時候打躲避球，我在外場拿著一顆名為思念的球扔向她，她拼命躲著躲著就是不想接球。

等我到了內場，才被自己扔出來的那顆思念砸傷。剛好還打到小雞雞，痛不欲生。

一天晚上，我找了饅頭陪我去大賣場，買了新的床單。我選了一個大紅色的床單，饅頭不敢置信要我別做傻事。可是我沒聽他的。

我想換個方式讓黃若琳想念。等她回來看見，應該會有新的記憶。升上大四之前，我怎麼都等不到黃若琳回來的消息。即使到國外唸書，放假回家應該也是合情合理，就像小右腳毛很多多天就不怕冷，可以穿短褲去合歡山賞雪一樣。

『你怎麼不穿泳褲去聽張學友演唱會？』小右反問我。

「因為我雞雞歪歪的，可以嗎？」哼，我不屑地。

『可以啊，我早就知道你歪歪的。』小右笑著。

我不想理會他，獨自一個人到陽台抽菸。我很想試試看，如果我也都離線，讓黃若琳看不見我，會發生什麼事，可是我始終不敢嘗試。那個時候MSN功能還沒那麼強大，如同現在一樣，離線的時候還可以丟訊息。

如果那時候跟現在一樣，也許我就會遇見她很多次也不一定。但是這個世界永遠有某種齒輪在運轉，梁山泊與祝英台的年代如果有手機，那就不會有可歌可泣的愛情故事。可是，為什麼我的愛情要這麼可歌可泣？我想也不至於。

以前女人會在家裡唱著「望君早歸」等著自己思念的情人。現在想念他，打個電話就好了，哪裡這麼麻煩。除非像我一樣，連電話都沒有，什麼都沒有。只有自己，一堆字。

彥伶偶爾會「不小心」問起我跟若琳之間的事，我總裝作沒什

麼大不了，說說笑笑幾秒鐘就可以打發掉。

有一天，彥伶上課的時候突然問我，晚上有沒有空。

「有什麼事嗎？」我多想直接回答有空，可是心裡卻想著，會不會在這個晚上，就可以看見若琳上線，像之前一樣什麼都沒有，然後親自跟她說說話。

『我想……去打另外一個耳朵的耳洞。』她說：『沒關係，如果你沒空的話，改天也可以。』

「我有空。」我說了。

我從她的眼睛裡面，看見了失望，這樣的眼神我看過，就在那次迎新之前的場勘，我沒有回答她要不會跟她一起去。

「可以先回家一趟嗎？我要收個東西。」我說。

『好啊，當然，謝謝你。』

「不要跟我說謝謝了，真的要說，我欠妳的可多了。」

『不會的。』

我先回家了一趟，彥伶在客廳等我。西門町離學校不遠，聽彥伶說，耳洞密掉了可以免費重打，所以她想趁著最近趕緊去一趟。

我進了房間，第四次來了。

『快要畢業了，你有什麼計畫呢？』

『我這裡一切都順利，這裡的海灘很美，希望下次可以帶你來。』

『想念你，各自分開的我們，都要好好的。』

她在線上。我的心跳加速，盯著螢幕，打字飛快。

「妳好嗎？」

等了兩分鐘，我看著視窗下面，她正在輸入訊息。這個過程像極了跟饅頭還有油條坐G5的時候，在最高點等待下降的那一秒鐘。不知道什麼時候，機器才會啟動。

『你那邊幾點呢？』

「四點十五分。」

我趕緊打上，最快速度。

「妳會回來嗎？」

「什麼時候回來？」

「妳電話幾號，我打給妳。」

「怎麼了？怎麼不說話？」

「跟我說妳的電話好嗎？」

等了好久、好久。差不多我一輩子這麼久。

『I'm sorry.』

然後她顯示離線。不管我打了多少字繼續傳過去，都沒有辦法。我不懂，真的不懂。螢幕好像長了腳，跑得老遠，都看不清楚了。我伸出手想抓住螢幕，想抓住她，卻只抓到空氣。

那一秒鐘我知道了，思念跟寂寞不同頻，卻和懦弱同調。我趴在桌上，任憑這樣的懦弱毀掉我的一切。直到彥伶敲我的房門。

□

我沒事，頭有點暈。中午吃了壞東西，傍晚的風有點涼。狀態一百分，只是腳好像受傷了，走路怪怪的。眼睛酸酸的，我該戒掉喜歡喝檸檬蘆薈的壞習慣。真的沒事，不要擔心我，那間店家在哪裡呢？

哈。

彥伶看著我說出這些話，不斷、不斷重複。我從彥伶的眼中看見了自己的軟弱，以及自尊心。

『邦雲，你要不要休息一下？』

「不必的，你看我多好。」

店家在巷子裡頭，店面小小的，兩個人並肩站著，走道就沒辦法容納更多一個人。那麼如果多一個人該怎麼經過呢？我站在走道

看著彥伶跟店員說話的時候，不停想著。

也許每個走道都不允許人並肩走著的吧。我們都是一個人走，只有這樣才可以埋下一顆種子，然後等到花開的時候才回頭看走過的路。

打耳洞很快，出乎我的意料。就跟MSN上面若琳消失的速度一樣。幹啊，該死，走出房間之後，我提醒自己一百次，不要想到這件事的。我揉揉自己的臉，差不多就像要把眼睛揉到鼻子下面，下巴揉到鼻孔裡面那麼用力。

『邦雲，好了！』彥伶偏著頭，看著我詭異的動作。

「這麼快？」我說，「這次可要好好照顧了。」

『我會注意的。』

彥伶說要請我吃飯，我不知道這附近有什麼好吃的。對吃的東西我並不挑，其實很多時候我不是個有想法的人。

『這間好嗎？聽說豬排飯很好吃。』

「好。」

等待上菜的時候，我看著彥伶左邊新打的耳洞，上頭插著一根藍色水鑽的耳針，如同之前一樣，對應著右耳的大耳環，有點奇妙的妥協。

『怎麼了，不好看嗎？』

「不會。」我說，「妳好像很喜歡藍色。」

『是啊，你怎麼知道的？』

認識妳這麼久，我才知道這件事。而妳開心的模樣，讓我很疑惑。

「好像沒有問過妳，怎麼會突然想打耳洞呢？」

『好玩吧。』她說，『嘗試一些不一樣的，改變人生。』

「會不會痛啊？」我皺眉。

『原本我也很擔心，但其實不會痛，除了發炎的時候。』

「那妳的人生因此改變了？」服務生上菜。

『還沒有，我還在等。』她笑著。

「妳覺得要等多久呢？」我有點痛。

彥伶笑著沒有回答我，遞給我一雙筷子。豬排飯的味道我吃不太出來，免費奉送的飲料也索然無味。眼前的人好像都沒了聲音，各自做著自己的事兒，而我被隔絕在外，看起來很瀟灑，其實很傻。

吃完飯後，我陪著彥伶四周閒逛，非假日的西門町人潮不算太多，也因此我沒有被快樂包圍的痛苦。彥伶是個安靜的女孩，靜靜地自己到處看，偶爾會徵詢我的意見，我多半只有搖頭，或者點頭。

『邦雲，我們快畢業了，你有什麼打算嗎？』準備到停放摩托車的巷子的時候，彥伶放慢腳步問我。

「我？」我深呼吸一口，「考研究所吧。」

『真的？』她笑著，『真好。』

「大家都考，不考怪怪的。」我說，「妳呢？」

『我還在思考呢。』

走到巷子底，我發動摩托車，把安全帽遞給彥伶，然後想起黃若琳。

「妳等我一下，好嗎？」我說。

『好哇，怎麼了？』

「等等，等等就對了。」

我跑出巷子，左轉，經過捷運站，走進便利商店。找了好一下子，終於找到一個口罩，我已經不是當初那個我了。我不會傻傻得自以為貼心，買了個工作用的白口罩給女孩了。口罩是米黃色的，上面有個小貓咪圖案。

「給妳。」我氣喘吁吁。

『這個是⋯⋯口罩？』

「嗯。」

『謝謝你，我好感動。』我搖頭，平撫自己的呼吸之後，坐上摩托車。

『邦雲，你看。』

我順著她手指的方向，大約離地平面五十度角，大樓之間的縫隙中，米白色的月亮掛在那裡，剛好就這麼一點空隙讓月亮探出頭來，也被我們兩個捕捉到這個瞬間。

「不可以指月亮，會被割耳朵。」我說。

『對喔，我忘記了。』

我回過頭，對彥伶笑了一下。雖然隔著口罩，但是透過她瞇著的眼睛，我清楚知道她也笑著。說不定還吐著舌頭呢。送彥伶回到家之後，她將安全帽還給我，然後口罩也是。

「不，這個就給妳了。」我說。

『眞的嗎？有點不好意思。』

「不會的，小東西而已。」

『今天眞的很謝謝你。』

「不會啦，下次我載妳的時候，還可以拿出來使用。」

『邦雲，你看！』

這次她沒有伸出指頭，我順著他的眼神看去，月亮走到天空的一半，多麼勤奮，一下子沒見已經爬到最高峰了。

『還記得打耳洞下輩子會投胎當女生嗎？』

「啊？記得，我有聽說過，妳奶奶也這麼說，不是嗎？」

『當女生超不方便的，力氣也比男生小，還得生小孩。』

「是啊，所以我不打耳洞。」

『我原本也不想打的。』

「喔，不想打就不要打啊，爲什麼要打呢？」

『我發現，其實當女生也可以。』

「呵呵，習慣了對吧？」

彥伶搖頭，瞇著眼睛看我。我有點疑惑，卻提不起太大的興致繼續逼問下去。

『邦雲，你頭髮又長了。』

「是啊。」我摸摸頭髮。

從上次她幫我剪完頭髮之後，只有暑假回家被媽媽押著去剪過一次，就這樣直到現在，頭髮又是鳥窩一坨。

「妳要幫我剪嗎？」

『好啊，順便答謝你今天專程陪我。』

「不要這麼客氣，都這麼熟了。」

『你好一點了嗎？』

「我？」

『你最近的狀態似乎很不好，我很替你擔心。』

「沒事的。我很好，都很好。」

彥伶咬著下嘴唇，似乎有話想對我說，我等了一下，只看見她的胸口劇烈起伏。當然我不是刻意往她的胸部看的，我不是這麼下流的人，尤其在這樣的時候，我發誓我一點意圖，一點這樣的心情都沒有。

『你跟學妹最近還好嗎？』

彥伶問我，在我等待了差不多一分鐘之後。我不是很想回答，腦海裡壓制不住幾個小時前，我對著螢幕，手指頭不停敲打著鍵盤，卻什麼訊息都傳送不出去的畫面。

「彥伶。」

『嗯？』

「我自己都不知道怎麼回答妳這個問題。」

『怎麼了，吵架了？』

「沒有，我都希望有吵架。」

也許我的表情太過陰沉，彥伶似乎欲言又止。我坐上摩托車，把安全帽戴上。這個動作只是在暗示自己，不要繼續這個話題，某種程度上，也在暗示彥伶。

「彥伶，妳那邊幾點了？」

『我這邊？』

「不，我的意思是，現在幾點了？」

『十點多了。晚了，你騎車小心一點。』

「我會的，放心。」

『那什麼時候替你剪頭髮呢？』

「就明天吧。」

我在一股難以控制的痛苦之中，腦袋失去了運轉的能力。唯一還可以記清楚的，就是彥伶要幫我剪頭髮。

這一天，彥伶似乎想告訴我些什麼，我卻沒有力氣去深入追問。這對彥伶來說，是多麼的不公平。但是，那個時候的我，確實把心臟放在另外一個女孩身上。這個琳不是眼前的那個伶，所以心臟也就不會那般跳動的。

等到我發現彥伶想告訴我的話，都在這天發芽，而我卻置之不理的時候，一切都沒有理由，也沒有空間讓我重新再來一次。

我終於知道了，為什麼月亮一下子就跑到天空最上面。他想嘲笑我的愚蠢。

對嗎？

□

我不小心發現了一個足跡。那是誰踩過去的？是誰這麼匆匆的來，又匆匆離開？

這個問題問了自己上萬次。從來沒有得到正確解答過。

MSN對我來說只剩下慣例性的等待，以及砌上失望的磚頭，堆疊出越來越渺茫的願望。我甚至覺得，我是被黃若琳費盡心思敷衍著，這種感覺讓我越來越失望，越來越難受。

電腦總有關機的一天。我算了算，我最高紀錄曾經四個月沒關過電腦，這樣的操勞之下，電腦終究會有要脾氣的時候。在那之前，我還是持續等著。

從我丟給她訊息，而沒得到回應之後，我再也沒有看見上線的她。也幾乎沒有再收到若琳給我的訊息。而她的暱稱從來不曾改變，那朵花兒也依舊開著。

畢業論文讓我焦頭爛額的時候，唯一可以讓我努力的，只有看著若琳之前訊息的時候。只有那樣的文字，才可以稍稍安定我的心。另一個，大概就是彥伶對我的關懷了。

隨著畢業的時刻逼近，我也得了一種大家都會有的病，叫做畢業生症候群。對未來感到恐慌，一陣懵懂，不安焦躁。每當我有想要放棄的念頭，或者情緒低落的時候，彥伶總會適時的出現。這樣的說法對彥伶太不公平，其實她總是在我身邊，只是我總在最不安的時候，才可以體會她的重要。

畢業的腳步近了，另外一頭，也代表我的生日就要到了。若琳離開台灣後，我的生日是在她的MSN訊息當中。就在我接起彥伶祝賀的電話的同時，視窗打開了，等我急忙跟彥伶道謝掛上電話，黃若琳的狀態又是離線。

兩個女孩總是在第一時間祝福我的生日。而我這麼幸運，卻又這麼不幸。

『米漿笨蛋，生日快樂。我是第一個嗎？我希望是。

因為我答應過你，你還記得吧？我可沒忘記喔。

這次不問你幾點了，因為我知道。

你那邊五月十三號，凌晨零點，對嗎？

希望你快樂。』

　　我彙整論文的資料，看著去年生日，若琳給我的祝福。我很想回答她，是的，妳是第一個祝福我的，妳沒忘記。雖然同時還有另外一個女孩，也在第一時間祝福我。

　　距離那個時候，都快要一年了。而若琳離開台灣這一年多來，我究竟怎麼度過的？我自己都不知道。

　　依附在虛擬的文字裡頭，是很消耗的一件事。當所有的畫面都只能依靠想像，而想像中的那個人卻始終無法出現，連近況都沒辦法掌握，只讓我感受到一切都是假的。

　　『邦雲，你累了嗎？記得多休息。』

　　當我感到精疲力盡的時候，就會想起彥伶的口氣。我知道，如果她看見了這樣的我，一定會皺著眉頭，擔心地對我說。我知道，如果我笑著裝作無所謂，她會要我不要勉強自己。

　　都快一年了。這些日子以來，我只剩下一件事情可以努力。這樣的我，實在很窩囊。也許電腦也察覺到我的悲傷，於是還沒來得及多看兩眼若琳給我的祝福，「啾」的一聲，螢幕顯示「No signal」。可笑的是，第一時間我竟然沒有擔心還沒備份的論文資料，而害怕著如果若琳在這個時候找我，卻發現我不在，該怎麼辦？

　　而在電腦裡面儲存的那些東西，如果不見了，又應該怎麼辦？我呆住好一陣子，在這樣的空氣中竟然找不到一個可以抓住的東西。拇指按著開機鍵，按到整個主機都晃動了起來。

　　「去你的。」

　　我用力踹了一下桌子，發生怦然巨響。小右跟饅頭打開我的房門，看著我對著電腦發脾氣。

『幹嘛了？』小右走過來。

「電腦壞了。」

『哇！那論文呢？』

「不知道。」

『老闆，明天拿去修理，應該可以回復。』饅頭拍我的肩。

「饅頭，你電腦可不可以借我？」

『OK的，你拿去用吧。』

「我只想跟你借MSN。」我說。

饅頭看著小右，然後點點頭。小右也拍拍我的肩膀，在我脖子上捏了兩下。

『兄弟，論文先處理好吧，其他的慢慢來。』

「饅頭，我給你帳號密碼，你先登入我的帳號，好嗎？」

『好吧。』

饅頭離開我的房間，剩下小右。我又踹了桌子一腳，小右拉著我，對我搖頭。

『跟電腦生氣何必呢？』

「你不懂。」我吼著。

『我懂，我真的懂。』

我癱坐在地板上，小右陪著我。這一天我失去了靈魂，就在自己以為幾乎要放棄的時候。原來不管怎麼豪氣干雲地認為自己被捨棄了，也就可以放下。一旦真的受迫性的結束了，才會知道「不甘願」三個字怎麼寫。

後來，我的論文在小右的幫助之下完成了。趕在期限的最後一刻。那幾天阿凰、小右、彥伶都在宿舍幫我，即使這個我靈魂已經空了。當一切都順利結束之後，大家都鬆了一口氣，我可以看出彥伶的喜悅，以及阿凰跟小右之間的曖昧。

一切都離我好遠。

『你好棒，遇到這種事都沒有嘆氣喔。』彥伶這樣對我說，我很不好意思。

「謝謝妳，謝謝你們。」

『這是應該的，不要客氣了。』

「我真的很笨，什麼都做不好。」

『怎麼會呢？你很棒的，不要看輕自己。』

「研究所，我看是沒考上了。」

陸續放榜之後，最好的一間也是備取八，依照往年的慣例，應該是備不上了。我的人生走到這裡，徹徹底底的潰敗，連可以努力的方向都沒有，更別提離開我的女孩，不知道找不找得到我。

電腦沒有修復成功。什麼都沒有了，憑著印象把她給我的那些訊息拼湊出來，卻怎麼都像上了樓梯之後往下看，有點害怕往下掉落，卻又不敢繼續往上爬的感覺。深怕自己往上走了，離得遠了，就什麼都忘記了。

我的生日在期末發表之前，前幾天我就不停的提醒饅頭，那天電腦要借給我，一整天都要。饅頭很慷慨地答應了我，對我來說這是種得救，就像僅有的信仰被證明依舊存在一樣。

當我告訴大家，我決定延畢一年的時候，大家的反應都不一樣。小右要我仔細想想，阿凰非常生氣，認為之前大家為了我的畢業論文差點把眉毛都給燒了，我卻決定延畢。我知道她不是真的生氣，卻還是真心地跟她道歉。

「對不起，讓大家白忙一場。」我歉疚地。

『一定要懲罰你，罰你兩個禮拜不准洗澡。』阿凰說。

『這比較像在懲罰我們。』小右皺眉。

彥伶始終沒有說話，我很意外。我以為她會鼓勵我，說些什麼的，但是她只是安靜地聽著。

對我來說，不想直接畢業，除了還想拼拼看研究所之外，我最

擔心的並不是出社會，而是如果一畢業就去當兵，黃若琳找不到我，該怎麼辦。為了女孩子延遲畢業是不是這個社會最荒謬滑稽的事，我不知道。但是我這樣決定了，就不會更改了。

生日前一天，學校正是拍畢業照的時期。看著自己穿上學士服的模樣，覺得不知道該把自己放在什麼角度才好。拍了畢業照卻無法畢業，這樣的我究竟可以用什麼姿態對著鏡頭微笑？

我想，鏡頭裡的我，一定很僵硬吧。

彥伶找我拍了很多照片，很多很多。幾乎學校的教室、外面的椅子、校門口、餐廳裡，每個地方都拍了。我從來不知道彥伶是個喜歡拍照的人，站在身高頗高的她身旁，一點元氣也沒有的我，顯得更加渺小。

『邦雲，我們放學之後到你宿舍去拍照好嗎？』她說。

「宿舍？」我好奇，「連宿舍也要拍？」

『是啊，我想多留點大學時代的紀念。』

「好的，我沒問題。」

『謝謝你，每次對你提出無理的請求，你總是答應我。』

「不會啊，真的不會，別這麼說。」

放學之後，阿凰跟彥伶都來了，我們買了不少東西，在客廳吃了起來，然後大家說說笑笑，提起這四年來發生很多的事情，大家都很開心，四年竟然這麼快就過去了，用嘴巴說起來，竟然這麼輕鬆，卻紮紮實實的橫跨在我們之間。

我們拍了許多好笑的照片。四個人指著電視機，兩個女孩左手啤酒，右手夾著香煙的照片。以及我們四個用手畫出兩個愛心。最後阿凰婉拒了我跟小右送她們回家的提議。

『我跟彥伶要享受兩個人的時光。』阿凰說。

「享受兩個人的時光？太奇怪了吧，這麼晚了。」我說。

『畢業之後，我們就要各奔西東了，距離這麼遠……』

「你們都在台北市，哪裡遠啊？小姐。」

阿鳳看著彥伶，沒有回答我的話。一向口齒伶俐的阿鳳竟然沒有回嘴，讓我好不習慣。

『我們以後還要像這樣經常相聚喔。』阿鳳說。

「搞得今天就像畢業典禮一樣，太誇張了吧。」我笑著。

『會的，大家都不會忘記這樣的情誼。』小右說。

突然氣氛變得感傷，我也有點受到影響。

「放心，不要保持聯絡，而是經常聯絡，好嗎？」我說。

『當然啦，還以為你沒血沒眼淚了。哼。』阿鳳嘟著嘴。

彥伶只是微笑著。我想，有這樣的微笑，即使若琳不在我身邊也足夠了。送她們下樓的時候，彥伶跟我走在後面，阿鳳跟小右在前面說著悄悄話，我沒有打擾他們，安靜地走在彥伶身旁。

『邦雲，你畢業典禮，會去嗎？』彥伶問我。

「我？」我想了想，「應該不會吧，我又沒有畢業。」

『不考慮一下嗎？』

「不了，」我笑著，「這樣去我怕我會很丟臉。」

『你不要這樣說自己，好不好？』

「我開玩笑的啦。」

看著彥伶認真的眼神，我的嘻笑變得有些幼稚。

「我知道了，我不會這樣說自己的。」我說。

『那就好，你這個樣子，我很擔心。』

「別擔心我，我很好。」

『別忘了，你有大將之風，不要忘記。』

我沒有忘記啊。只是我在戰場上，靈魂掉了。忘了該去哪裡拿回來。

跟她們道別之後，我急忙想上樓去，時間已經很接近午夜，我知道我該做什麼，而我也確實要去這麼做。小右不知道在跟誰講電

話，我點了根菸等他。等他終於結束了通話，我打開門準備上樓。

　　『等一下。』小右拉住我。

　　「怎麼了？」我回過頭。

　　『我們出去一下。』小右甩著手中的車鑰匙。

　　「明天好不好？我有事。」

　　『一定要今天，一下子而已，不會拖太久。』

　　「不會拖太久是多久？」

　　『不會超過十二點，』小右抓著我的肩膀，很用力。

　　『相信我，甚至連十一點半都不會超過。』

　　『你要等的，我不會占用的。』

　　我知道了。原來我回過頭，我的朋友都知道我。也都在我背後，支撐著我。

□

11

我知道我把手伸出去紗窗外面有一天我會被淹死。
我不知道，那一天什麼時候會來，來的時候希望那天我有刮鬍子。
然後笑笑對著窗戶說，下雨下雨下大雨，假裝是咒語，
然後我們就會這樣一起變成老公公、老婆婆。

如果可以，這個生日我想許三個願望。

第一個，我希望身邊所有的人平安、健康。

第二個，我希望那個女孩永遠是第一個跟我說「生日快樂」的人。

第三個。

坐上小右的車，我拉上安全帶。小右開車相當熟練，有的時候會快了一點，但是基本上都非常遵守交通規則。小右問我，生日有什麼願望，我笑笑。

「你怎麼每次都會記得我的生日？」我說。

『當然。因為你的生日，在小護士後一天。』

「噢，原來如此。」我點頭，沒有開心或者不開心。

『這樣說有點怪，也許是顛倒過來，因此我很難忘記小護士。』

「如果是這樣，那真的很抱歉。」我說。

『不要笨了，忘記以及不忘記，都有一種美。』

「你今天幹嘛，詩興大發？」

小右在山腰的停車場停了車，附近並不明亮。旁邊是個公園，現在也不會有人在盪鞦韆，否則我跟小右肯定當場落跑。我不知道他為什麼帶我來這裡，也不想多問。

『你覺得阿凰怎麼樣？』小右問我。

「什麼怎麼樣？」我跟著他下車。

『我也不會說，反正就是感覺吧。』

「阿凰她……還是很正，說話很直接，很率性。」

『其他呢？』

「是個感情豐富的人。你問這個，發生什麼事了？」

『沒有，突然想問。』

我猜，小右肯定是也喜歡上了阿凰，有點困惑所以找我來開導

他。可惜現在的時空狀態下，我恐怕沒有什麼能力幫上什麼忙。

「你喜歡她嗎？你該知道她一直很喜歡你的。」我說

『我知道。』小右低著頭，『她很不錯，很棒。』

「那就對了，彼此這麼了解，不是很好？」

『你一定懂。我還沒忘記小護士。』

「我想問你，上次沒跟我們去玩，到底去了哪裡？」

『去陪她。』

我連聲罵了幾次三字經，這輩子學過所有可以羞辱人的話統統搬了出來伺候小右，他只是坐在那兒，低著頭沒有回應。

「你是傻子嗎？她都這樣對你了。」

『我當然知道，我雖然不聰明，但不至於這麼蠢。』

「那她找你幹嘛？」

『她告訴我，那個男的被派去大陸，她很難過。』

「然後呢，關你屁事？」

『我只是安慰她，她開口要我回到她身邊。』

「哇靠！你怎麼說？」

『你覺得我會怎麼說？』

當下我很想打開車門離開。眼睜睜看著自己的好友被人耍著玩，而卻什麼力道都使不上。偏偏這又是周瑜打黃蓋，一個願打，一個願挨捱。

『我知道你很生氣，但是放心，我沒答應她。』

「真的？」

『嗯。』小右站起來，『我告訴她，有些事情太晚了，就沒訊號了。』

「這是什麼爛回答，我都聽不懂，蠢蛋。」

我雖然調侃著小右，心裡卻是開心的。

『你的慧根不夠，聽不懂是正常的。』

「對，只有你這種可以普渡別人的才懂。」

『如果是你呢？你怎麼做？』

「我絕對掉頭就走，說真的，我根本不會去找她。」

『才怪，你一定會的，你沒有比我好到哪裡去。』

「總之，我不會答應她的，你做的很好。」

『但是我還不會跟阿凰交往。』

「幹嘛，擺什麼姿態？人家那麼優秀。」

『不是的，是因為如果跟她交往，卻還沒完全忘記小護士的話，那太傷害阿凰了，不是嗎？』

「你這麼說很有道理，不過現在這個社會，沒多少人像你這樣了。」

『就因為如此，我才更必須堅持。』

「說得好，你可不准辜負了阿凰，知道吧！」

就這樣，我們上了車，車上放著小右最不喜歡聽到的《外套》。但也因為這樣，我知道小右正回頭檢視著自己的傷口，很快的就可以遠離那段過去。不親眼盯著傷口看，就永遠沒辦法痊癒。

『米漿，你也應該試著放開一些東西了。』小右對我說。

「我跟你不同啊，你知道的。」

『我懂，但是與其讓自己難受，不如選擇輕鬆的路走。』

「我會想清楚的。」

我會想清楚的，小右。雖然回去的路上，我拼命想著會不會收到若琳的MSN訊息，或者一通電話，或者甚至看見她。這樣的我，算是想清楚了嗎？應該吧。對我來說，最清楚的，就是想著可以期待的一切，然後待在原地。

小右停好了車，拍拍我的肩膀。

『你還沒告訴我，你生日想許什麼願望？』

「三個嗎？」我問。

『可以啊，你說來聽聽。』

「第一個，我希望身邊所有的人，平安、健康。」

『夠意思，好傢伙。』

「第二個，我希望那個女孩永遠都是第一個跟我說生日快樂的。」

『誰？學妹嗎？』

我點點頭。第三個願望，我就沒有說出口了，也還沒想到。小右回過頭看了我一眼，欲言又止的樣子。

「怎麼？」

『大家都是兄弟，嘖。』

「幹嘛？」我停下腳步。

『總之，我都會挺你，我們都會。』

「神經病，要替我出錢讓我去美國嗎？」

『沒問題，我出一百。』去你的。

回到宿舍之後，饅頭坐在客廳，看見我們回來，站了起來。然後丟給我們一人一罐啤酒，我們就在陽台喝了起來。

『老闆，生日到了，又老了喔。』饅頭說。

「我老你們也不會年輕啊。」我哈哈笑著。

『還記得我們第一次幫你過生日嗎？』小右說。

「記得，那個丟乒乓球的老闆超酷。」

『老闆，第二次比較誇張啦，死小右。』

對啊，我們大家對看了一眼，瘋狂地笑了起來。

『祝所有護士小姐，護士節快樂！』饅頭大吼。

「你神經病喔，小聲點啦！」我笑著。

接著我們拿起啤酒，碰撞了一下。

『老闆，祝你……』饅頭說到一半，小右制止了他。

『明天再說，先不要說。』小右推了饅頭一下。

「沒關係的啦，幹嘛這樣。」

大學最後一次的生日，就在這樣的夜晚。回想起來，可以認識這些人，都是我人生最幸福的累積。每一個停格都是一場美好的剪接，可以讓我不停回味。

走進房間之後，我簡單收拾了一下，想到饅頭的房間借用電腦，黃若琳送給我的掛鐘告訴我，時間是十一點四十五分，我找不著自己的手機，原本送彥伶跟阿凰下樓，沒想到會拖這麼久，手機也沒拿。

找了一下，才發現手機放在滑鼠的旁邊，而滑鼠下面放著一個黑色長方形的盒子，我移開滑鼠，拿起手機，才發現電腦竟然開著，天知道為什麼會自己開機，更誇張的是，為什麼壞掉打不開的電腦，竟然會死而復生。

螢幕上有個MSN視窗，我坐了下來，把游標移到最上層。

『米漿，又到了你的生日了，生日快樂。

離開台灣已經好久了，都快忘記台灣的空氣有什麼味道。

唯一不會忘記的，就是我把很多最愛的東西，留在那裡。

我答應過，永遠都要當第一個跟你說生日快樂的人。

最近，你也許會生氣我沒消沒息吧，對不起，真的。

如果可以讓我多做點什麼來消弭你的怒氣，我都願意。

可是，我沒辦法。』

我把視窗往下拉。

『對不起，米漿笨蛋，告訴你一件事情，你不可以生氣唷。

雖然這麼說沒有用，你也已經生氣很久了吧？

接下來會有很長一段時間，我沒有辦法跟你聯絡。

原諒我不能給你我的聯絡方式，因為我很害怕，真的好害怕。我害怕我真的成了夏天的冷飲杯，那該怎麼辦？

所以，我必須消失一段時間，你一定會問我，要多久呢？

我也不知道。

我只知道，也許等你忘記我了，我就會出現了吧。』

幹，房間怎麼這麼悶？我把視窗再往下拉。

『生日快樂，我最愛的米漿笨蛋。

我想了很多方法，不知道該怎麼實踐我對你的諾言。

只剩下一個方法了，我也只能這麼做。

希望你對我的記憶，不會只剩下生氣。我真的不希望這樣。

請你最後，打開那個盒子，然後告訴我，

你那邊幾點，好嗎？』

我打開盒子，裡面是手錶，黑色的錶面，黑色的皮質錶帶。應該是名牌，可是我對名牌沒有什麼概念。時間應該是十一點五十五分，而手錶卻指著八點五十五分的地方。我懂了，這個是若琳那邊的時間，然後又不懂，這麼突然的告訴我這個消息，代表著什麼？

她的狀態依舊是離線，我沒有力氣做出一些例如拼命打字過去，試著傳送不可能傳送的訊息給她，這類的蠢事。

我想把視窗繼續往下拉，卻發現如果這麼往下拉，我就會永遠停在這一秒鐘，而我們真的就永遠被剪斷了，不會恢復了。

「九點鐘。」我說，

「我這邊九點鐘，妳呢？」

「妳那邊幾點呢？」

「幾點呢？」

□

　　電話響了，我沒有接起來。彥伶的名字在手機螢幕上閃爍著，我沒有力氣。上次收到禮物的時候，我看了它好幾次，然後抱著睡著了。這一次，我發現原來我從那一次之後，就再也沒有醒過來。

　　走出房間，我敲著饅頭的房門。

　　「這個東西，是怎麼來的？」我問他。

　　『這個……』

　　小右也走出來，看著我們。

　　「這個東西，是怎麼來的？」我繼續問。

　　『你先冷靜一點，冷靜一點。』

　　「其實我很冷靜，真的。」我說。

　　小右拉著我到客廳坐著，饅頭到陽台去抽菸。我拿著黑色的盒子，呆坐在沙發上，電風扇轉動的聲音很刺耳。小右點了根菸遞給我，我搖頭。

　　『你先冷靜下來，我再告訴你。』

　　「我說了，我很冷靜，真的。」

　　『好。』

　　小右在好久之前，就接到若琳的電話。沒有告訴我。沒有告訴我的原因，我不能諒解，卻可以接受。

　　『這是她要求的，原諒我，我必須這麼做。』小右說。

　　「你應該告訴我的。」

　　『我知道，但是我答應她了，這是承諾。』

　　「承諾都是屁。」

　　我不知道這是多久之前的事了，大概就是我發現若琳始終刻意迴避與我聯絡的時候吧，我猜。

　　「為什麼她不跟我聯絡呢？」我問。

　　『這個……我也不知道。』

　　「她跟你說了些什麼？」

　　『其實，就是你看到的。』

　　若琳要小右幫忙，在我生日這個時候，替她安排這一切。所以小右要我陪他出去，只是為了讓饅頭把一切佈置好。而我的電腦，也在我沒發現的狀態之下，被饅頭的同學修理好了。所有的事情我都是最後一個才知道，這種感覺非常嘔。

　　「她有說為什麼要這麼做嗎？」

　　『這個……』

　　「你為什麼不說清楚呢？我都知道了，不是嗎？」

　　『你這兩年，有沒有收到她的消息？』

　　「有，但是都是MSN，只有一通電話，一通而已。」

　　而你，小右，你也跟我一樣，接到一通電話。你知道嗎？只有一通而已。

　　『我告訴你，你也許已經發現了，那些對話，不是她打的。』

　　「那是誰打的？」

　　『一開始是她的朋友聯絡我，然後告訴我一些事。』

　　「什麼事？」

　　我大概猜到了，一開始那個若琳的朋友，就是跟小右聯絡的吧。那麼為什麼不直接跟我聯絡呢？

　　『其實，後來的對話，都是我打的。』

　　「都是你？」我忍不住大聲吼著。

　　『對，都是我，有時候在家裡打，有時候在學校。』

「你幹嘛？難怪我都遇不到她，原來她是你。」

『這是她拜託我的，我也只是照著做。』

「為什麼你不說？」

『我說過了，因為我答應她了。』

「你答應了什麼鬼，到底是什麼？」

小右拍著我的肩膀，要我冷靜一點，丟給我香菸。我勉強點了根菸，手不停地發抖，打火機的火花都刷不太出來。小右說，若琳申請到學校了以後，身體就很不好。為了完成自己的夢想，所以拿意志力支撐著自己。在離開台灣之前，若琳就知道，自己的身體恐怕負荷不來。

「她到底生了什麼病？」

『我也不太清楚，我發誓我們沒騙你。』

「可是她有打電話給我，感覺起來沒那麼嚴重啊！」

『我真的不知道。』

「那你到底知道什麼？可不可以乾脆一點，好嗎？」

『我告訴你，但是你要冷靜。』

「快一點！」

『我們是兄弟，我會撐著你的。』

小右咬著嘴唇，艱難無比地說著：『她走了。』

走去哪裡？很遠嗎？離這邊幾個小時的飛機？會比LA遠嗎？她怎麼去的？什麼時候去的？跟誰去呢？

『她把手錶寄給我，要我在你生日的時候給你。』小右站起來，『還有這封信。』

從小右口袋裡面，掏出一封信。信封是米黃色的，有點像烤的微焦的土司麵包的顏色。信紙是白色的，上面是若琳的字。

＊

Dear戴邦雲，

這樣叫你，會很生疏嗎？

最後給你的信，我希望可以叫你的全名。

每天我都在心裡叫你很多次，不知道你有沒有聽見呢？

手錶，還喜歡嗎？

我知道你一定會去找小右學長，所以這封信要他這時候拿給你。你不要怪罪他，是我拜託他好久、好久他才答應我的。

我從小到大，就夢想著可以出國唸書，當我知道我的身體恐怕再也不能讓我實現這個願望的時候，我任性了。

如果人的一生註定這麼短暫，那麼有遺憾的話，就更短暫了。只是我沒想到，真的短暫得讓我負荷不來。每次都有衝動想打電話給你，可是你知道的，我不想哭。而你，一定會讓我哭。

寫這封信給你，好多話想說，可是到了真正拿起筆，才發現什麼話都說不出來。唯一想說的，就是告訴你，對不起，對不起。我不想看見你難過，也不想你聽見我憔悴的聲音。在你記憶中的我，可以永遠留在那個沒有流星雨的夜晚嗎？拜託你。

這幾天，我寫了信給很多、很多人。

這個時候的我，很害怕人家忘記我了。所以我都說，不要忘記我，好嗎？而現在的我，已經慢慢平靜下來，我等待的，是一種陌生的恐懼。

我想，我是來不及跟很多人說再見了。

過兩天就是我的生日了，我想許三個願望。

第一個，我希望身邊的人都平安、健康。跟你一樣。

第二個，我希望我永遠都是第一個跟你說生日快樂的人。

第三個，說出來就不會實現了。

我希望，你永遠不要忘記我。再見，我最愛的米漿笨蛋。最後

一次，希望你告訴我，你那邊幾點。我這邊，也許永遠都跟不上你的時間了。我們都在永遠的途中，也許，等你忘記我，我就會出現了。我說過，我以後都會故意讓你等我。沒想到，真的是這樣了。

告訴我，未來發生了什麼事？

活在我的未來的你，會不會一樣愛著我？

若琳

＊

我在小右的面前哭，饅頭走回房間，打開房門，放著音樂。他們兩個什麼話也沒有對我說，直到我走回房間，躺在床上。在那之後，我問了很多人。跟黃若琳要好的幾個學妹，她的直屬學姐，以及系上的老師。

沒有人知道，若琳究竟是怎麼走的，什麼時候走的。我就像在荒島被遺忘的旅客，沒有指南針，也沒有求生工具。更可怕的是，我連眼睛都被矇住了，什麼都看不見。

也許是大家都瞞著我，這樣也好。我總是會幻想，會不會這一切只是可愛的若琳跟我玩的小遊戲。你知道的，她最愛跟我玩遊戲，最喜歡天馬行空了。有一天她會出現，帶著一樣的笑容，抬著頭看我。

『米漿，你這樣會剪斷我的想像喔。』然後這樣對我說。

我開始痛恨剪來剪去的話。於是把房間所有剪刀都收了起來。為什麼我們要像剪刀一樣呢？為什麼合攏了，就必須剪開呢？接下來的日子，就像被什麼東西剪開一樣，什麼都是碎片。我忘了自己鎖在房間裡面多久，學校的考試，也是小右硬拖著我去。

那些日子對我來說，不堪回憶。我偶爾都會忘記自己生活在哪一年，也許我的心裡，永遠都想停留在若琳還沒離開我的那個時候

吧。

而生日那天，沒接到彥伶的電話，我也沒有回電。在學校也沒碰到她，令我意外的，她也沒有傳個簡訊什麼的給我。我想，這樣的自己也不適合她給我的溫暖。

畢業典禮，我終於還是沒有參加。我忙著把東西整理好，六月底這個地方就要還給房東了。而這幾天，偶爾也會有新房客來看房子。小右找到了工作，饅頭考上了中部學校的研究所，我打算回家唸書，一個禮拜回來上課一次，準備研究所考試。天知道這樣的我，怎麼可能考得上，但還是做了垂死的掙扎。

我把若琳送我的掛鐘塞進箱子裡面，才發現自己整理著，也掉下了眼淚。會這麼稀鬆平常的把掉眼淚說出來，我才發現原來這樣的悲傷已經如影隨形，每每我想克制自己的情緒的時候，才知道跟著臉上的那兩行的自己，是沒有能力思考的。我二十二歲，什麼都很好，只是有一點難過，一點寂寞。

第三個願望，我沒有說出來。我希望，我是夏天在桌上的冷飲杯。然後那個人會出現，把我捧走。而那個人，一直沒有出現。

□

『我們應該聚一聚，大家都要各自分別了。』小右說道。

東西整理差不多了，所有的人都在這趟旅程的終點線前面。當然，這條線也代表著起跑線，下一段的旅程即將開始。我們該用什麼方式，跟自己的過去告別？小右提議以後，我跟饅頭都同意。饅頭也跟女朋友分手了，原因不明。油條雖然不屬於這個地方，但是也興沖沖地決定參加，這場宴會還有彥伶以及阿凰。我都不知道，有多久沒和這兩個好朋友見面了。

聚會那一天，約在我們熟悉的啤酒屋。我特地去剪了頭髮，佯裝很有朝氣，可以欺騙自己也欺騙別人。小右跟饅頭提前出門了，

剩下還在做最後整理的我，獨自留在宿舍。四年過去了。在這個地方過了大學大半的時間，把所有東西收拾完畢之後，才發現最後遺留下來的，只有書架上沒有清除掉的灰塵。

如果拿起抹布擦拭，就可以清除掉，那該有多好。

慢慢走著，往啤酒屋的路這幾年走了不知多少次。這一次，或許是我最後的機會了。如果我知道人生中的某段時期，經常踏過的柏油路，會在時效到期之後，永遠不會踏上，那麼當年走著這段路的自己，該不該多留下一點東西才好。

油條跟饅頭在啤酒屋門口對我招手，我小跑步過去。

『你怎麼遲到了？』阿凰笑著。

「整理房間，耽誤了點時間，抱歉啦。」我說。

彥伶眯著眼睛看著我，一如往常。小右移開了位置，把彥伶左手邊的椅子讓給我，我也老實不客氣一屁股坐下去。我們選擇店門口的位置，雖然人來人往的，但是這樣氣氛比較好，很有夏天居酒屋的感覺。晚風吹來，很舒服，雖然空氣不是太好。

「好久不見了，最近好嗎？」我問彥伶。

『都很好，我很擅長照顧自己的。』

「呵呵，那就好。」

『你呢？剪了頭髮了？看起來不錯喔！』

「還好，不想每次都麻煩妳。」

『一點也不會啊，不過這個髮型很適合你喔。』

我不好意思地抓抓頭。油條舉杯要大家一飲而盡，好像他才是這場聚會的主辦人。饅頭檢查小右杯子裡的啤酒，然後偷偷多倒了一點進去，阿凰瞪著饅頭，氣氛輕鬆而自然。偶爾會有同學走過我們，不時把眼光往我們這裡投射過來，以前我總覺得不自在，而今天不知為何，卻一點也沒有這樣的感覺。

也許都要離開學校了，這裡用奇怪的眼神看著我們的人，這輩

子恐怕再也不會遇見，那麼如此注意他們的眼光，何苦呢？

　　想到這裡，我有點心酸。如果有些人註定了一輩子不會相見，那麼為什麼要相遇？我的酸不敢露在臉上，就像畫筆掠過心頭一樣，一閃即逝。

　　『怎麼了？』彥伶湊過來，低聲問我。

　　「啊？沒事、沒事。」

　　『剛才你的表情突然很不舒服，灰色的。』

　　「妳真的很敏銳，我沒事，妳總是這麼關心我。」

　　『這是應該的啊！』

　　彥伶笑著，這樣的笑容陪了我好久的時間，仔細一看，才發現這天的彥伶沒有戴眼鏡。

　　「喔？妳今天沒有戴眼鏡咧！」我說。

　　『現在才發現，真豬頭。』

　　我哈哈笑著，稱讚沒戴眼鏡的她很漂亮。然後陸續上了不少的菜，比起謝師宴的高級料理，這樣的東西吃起來更讓人食指大動。有一個很老套的形容詞，叫做「快樂的時光特別短暫」，我想說這話的人犯了一個大錯誤。正確說來，應該說，快樂的時光特別漫長，否則怎麼會日後還念念不忘？

　　於是念念不忘的，就只能在腦海中像播放舊時的投影片一樣，喀嚓、喀嚓的，一幕一幕播放，然後沒有聲音，沒有味道。聚會終於結束了，我鬆了一口氣。不是如釋重負，而是我終於知道結局了以後，心裡會踏實一點。從生日那天以後，我就很怕那種被瞞住的感覺，於是我開始討厭老天爺，對於我們的未來，總是刻意隱瞞。

　　其實隱瞞的，很多。而那些被隱瞞的東西，不要知道比較幸福。

　　飯後我們散步回宿舍，大家說好了今晚不醉不歸，我沒有意見，雖然宿舍幾乎都空了，只剩下冰箱還有幾罐啤酒，饅頭多買了

一箱回去，不知道的人還以爲我們想灌醉兩個女孩做些禽獸不如的事。

「饅頭，這樣搬著啤酒跟女生走在路上，感覺很畜生。」我說。

『老闆，不跟女生一起走，我們也夠畜生了，好嗎？』

「這樣說也對。」

大家都笑了，藉著酒意瘋狂大笑，也嘲笑自己的四年。

『糟糕，忘記買點東西吃了，肚子餓怎麼辦？』小右說。

『你是豬啊，剛吃飽就餓。』油條說。

『米漿，你去買點零食，我們先回去準備一下。』

「喔，要買多少？」我點頭。

『有多少買多少。』小右豪氣的。

『我跟你去吧！』彥伶對著我說。

我點點頭，轉身往巷口走去。便利商店有一段距離，這個時候附近路人不多，白色的路燈不算明亮，還可以聽見不知道哪裡傳來的狗叫聲。

『米漿，希望你開心一點。』彥伶說。

「會的，我一直都很開心。」

『學妹的事，我聽說了。』

「嗯。」

其實我大概猜到了。這種事不會保留多久，從我幾乎沒出現在學校，而彥伶始終對我一樣的關心，小右的大嘴巴，在在都可以猜得出來。只是我迴避這個猜測，如同我迴避著某些情緒一樣。

不這樣，我怎麼繼續呼吸？

『我的耳環，好看嗎？』彥伶左右擺動頭，表情很俏皮。

「好看，很適合妳，很少看見妳這麼俏皮。」

『今天心情好啊。』

「是啊，雖然大家都要分離了，但是友誼會始終存在的。」

『你知道我為什麼打耳洞嗎？』

「妳不是想改變一下嗎？」

『這是其中一點，另外一點，記得我奶奶說過的話嗎？』

是的，這輩子如果打了耳洞，下輩子就會當女生。我記得，我這麼跟彥伶說。彥伶笑著，我們走進了便利商店。

我搜刮了很多東西，幾乎把喜歡吃的都拿了。彥伶在一旁幫我拿著購物籃，一邊驚呼著。

『太多了，吃不完的。』

「沒關係，吃不完總比想吃沒得吃好。」

『好吧，那就多買點。』

「對了，妳奶奶說的話，接著呢？」

『因為，我下輩子想當女生。』

「喔，該不會是習慣了吧，哈哈。」

『可以這麼說，另外一方面，這樣才可以在下輩子做到一些事。』

「例如呢？」我掏出鈔票，總共買了四百多塊。

例如，愛上一個人。

我聽得很清楚，走出便利商店門口，發出了叮咚的聲音。我沒有說話，彥伶也安靜地走在我後頭，只有微弱的路燈。

『我很喜歡一個人，那個人體貼又風趣。可是我知道，那個人不喜歡我，因為我太喜歡他了，所以不會讓他困擾。唯一可以想像得到的方法，就是下輩子還是當女人，然後努力讓自己當他的女人，呵呵。』

彥伶說完之後，好像刻意為了化解尷尬，笑了一下。我放慢腳步，心裡覺得重重的，好像壓著什麼東西一樣。不舒服，喘不過氣來。

『如果可以的話，我很希望自己夠勇敢，可以告訴那個人我的感覺。可是我不行，我知道這麼做了，那個人可能永遠都不會是我的朋友了。因為愛的另外一頭，不一定是恨，但一定會存在折磨。與其折磨自己喜歡的人，不如折磨自己，你說對嗎？』

「不對。」我說。

『噢，對不起。』

「妳幹嘛跟我道歉呢？」

『我說了大話，真不好意思。』

「不會的，不過我覺得，妳應該讓那個人知道。」

也許我是刻意，這樣說出來或許就可以假裝自己不是那個人。換個角度，也許我只是想證實而已。

『我想那個人現在已經知道了吧，但是不要緊。』

「嗯？」

『因為我會祝福的，我還是習慣被擺在這樣的位置。』

「彥伶。」

『你知道我為什麼想你陪我去打耳洞嗎？』

「不知道。」我說。

『因為我害怕有任何意外，讓我下輩子，下輩子沒辦法當女生。』

我停下腳步，轉過頭看著她。妳習慣被擺在什麼樣的位置呢？是默默地關心，還是慣常的被忽略？看著眼眶忍著眼淚的她，我的心臟也溼了一塊。

「彥伶，對不起。」我嘆了一口氣。

『不要嘆氣好嗎？我們之間永遠都不要嘆氣好嗎？』

「對不起。」我點頭。

『其實，我很不捨你現在的樣子。我很希望看見那個開心的你，如果一切都不要發生，那麼會不會更好呢？』

「不要哭。」我說。

『我好希望你很幸福，我希望學妹不要離開，因為我只想看見快樂的你，即使那個幸福的人不是我，我都會開心。』

「不要哭了，好不好？」我焦急的。

『答應我，要開心一點，好嗎？』

我勉強點頭，很想伸手過去擦掉她臉上的淚水可是這個動作對我來說太艱難，我沒有辦法這麼做。

『心就像自強號的位置，如果旁邊空位的那個人沒有離去，有些人，就永遠都沒有辦法靠近你。』

「彥伶，對不起。」

到了這個時候，我唯一能說的，竟然只剩下對不起了。

『我先走了，幫我跟他們道歉，我還有事。』

「留下來吧，拜託，留下來。」

『我得回去收拾東西，過兩天，我就要去紐西蘭唸書了。』

「啊？這是什麼時候決定的？」

『對不起，我原本打算跟你說的，在你生日那天。可惜那天你沒有接電話，之後我也沒能遇見你。我想親口告訴你，卻不知道該怎麼找你。』

「為什麼要出國呢？」

『因為，我想模仿那個你愛的女人。如果可以的話。我會幻想你也同樣的思念我，那我就可以堅強地等著。等到下輩子，可以當你愛的那個女人。』彥伶說完，沒有跟我道別，轉身就走了。我呼喊著，她卻沒有回過頭。

距離我生日一個月以後，第二個伶走了。我終於知道黃若琳那時候告訴我，生日都是質數的孤單，究竟是什麼模樣了。

□

鳳兮鳳兮歸故鄉。遨游四海求其凰。

何緣交頸爲鴛鴦。胡頡頏兮共翱翔。

再讀到這一段，莫名就有一種悲傷。那段歲月從我身後悄悄擺渡過去，故人已遠，而我竟然還留在原地，不敢移動自己。深怕這麼移動了以後，就會有很多東西從我眼前喧嘩地跑過，更加凸顯自己的孤單。

我把時間留在斗六的二輪電影院。我算是用這種方式，跟自己道別嗎？大概吧。

會回去只因爲在那個地方，我聽見了離開我的若琳，最後的聲音。而我的等待，終究成了泡影。我不斷幻想這一切只是個玩笑，用這種阿Q的方式安慰自己，一點成效也沒有，我不建議大家這麼做。

彥伶到了紐西蘭之後，告訴我那邊華人很多。她也學會了怎麼說簡單的廣東話。除此之外，最讓我感到潮濕的，還有這段話。『小時候不懂那些老伯伯爲什麼說話都會有種音調。我都聽不懂，也不知道怎麼懂，可是他們遇見那些都說著有音調的話的老伯伯，就會很開心、很開心。我都不懂。等到我離開台灣了以後，在陌生的地方。我懂了。那年午後斜陽門口板凳上。老伯伯在想些什麼，我懂了。他們在思念，如同我也會思念你一樣。』

我想，若琳當時到LA去，會不會也跟彥伶有著同樣的想法？我不知道，對我來說這些東西都已經是只堪猜測，不會有答案的東西。而真正的自己，也就在不停的猜測當中離開。

夏天到了，過不了多久，饅頭也要收假回部隊去了。值得慶幸的是，我們幾個還是擁有一樣的回憶，也沒有因爲時間沖淡了過往的感情。

　　小右始終不告訴我，他跟阿鳳是不是真的交往了。我也不想問。對於好朋友的幸福，不管有沒有說，都是值得讚嘆的。

　　夜裡我總是會想起，油條告訴我在攻堅的時候，打電話給女朋友。他堅持只是閒話家常，而我也相信了。大致上就是「妳在幹嘛？」，「早點去睡覺吧！」這類的話。

　　我呢？如果是我遇到了這樣的狀況，我會打給誰？我不知道。真的不知道。

　　『邦雲，你想知道未來發生什麼事嗎？』

　　「兩個小時之後嗎？」我笑著。

　　『嗯啊，沒想到你記的這麼清楚呢。』

　　「好啊，告訴我，未來發生了什麼事，好嗎？」

　　每年生日，都會接到彥伶祝福我的電話。一如過去，始終是第一個。雖然曾經這樣的第一，有兩個人。兩個都是我生命中很重要的女孩兒。也都選擇了離開我這個孤單的人。

　　很久、很久以後，我嘗試著打開MSN。上面大多數的人，都不是我印象中的那些人了。不停搜索記憶，也想不起很多人的暱稱，跟那些人的臉。對於記憶，有時候我們都太過有自信。

　　你知道嗎？若琳的MSN暱稱，從那一天之後，就永遠都一樣了。

　　＊生日快樂，只能這樣告訴你了。＊

　　所以每年我的生日，都還有一個女孩，用這樣的方式祝福我。她遵守了她的承諾，而這樣的遵守，卻讓我感覺好痛、好痛。扣除我當兵的那一年，只能在幾天後從語音留言聽見彥伶的祝福聲音之外，每年我的生日，她總會提早兩個小時，也就是用紐西蘭時間的

五月十三號凌晨零點，這樣的時間打給我。

我躺在床上，看著自己的電話。都過了這麼久了。我對自己說，都好久了，我已經長大了。彥伶在紐西蘭當幼教老師，很快樂。小右在台北工作，住在距離阿凰不到兩條街的地方。油條是個了不起的保衛民眾的警察。饅頭在當兵，算一算沒剩幾個月就要退伍了。

之前還接到饅頭的電話，要跟我借錢。

『老闆，長官要我打退伍，都是高級料理，借點錢啦。』

打退伍是當兵的人的習慣。退伍之前要請隊上弟兄好料的，我想也不至於請鮑魚、龍蝦吧。當然我是答應了，畢竟我是個好朋友。代價就是饅頭的小雞雞要讓我手指頭彈七下。原本是十下的，他跟我討價還價了許久。

我收起了那個很很假惺惺的仿冒古老掛鐘，把它用力收到櫃子最深處，拿了幾件冬天才會穿的超級大衣蓋在上面。

「可不可以，拜託，」我對著衣櫥說：

「可不可以不要再告訴我，你那邊幾點呢？」

我癱坐在床上。我不知道若琳有沒有記住我，但是我很清楚。我永遠都記住那一分鐘，第一次跑到校門口，她等著我，轉過身來，對著我笑。

我拿起了電話，撥給彥伶。這是我第一次主動打電話給她，沒有接通。我往後一躺，把手機隨手放在一邊。原來，我註定要是孤單的人。如果我的生日可以不要都是質數，那有多好？

不到幾秒鐘，電話響了。

『喂？邦雲？』

「哈囉。打擾到你了？」

『不，我正在做些小東西，接起來你已經掛線了。』

「抱歉，讓你這麼麻煩。」

我聽見她的喘息聲，我猜她大概是跑著過來接電話吧。

『有什麼事嗎？』

「沒有，我只是想問，爲何每次都提早兩小時祝我生日快樂。」

『因爲我忘記我這邊比你早兩個鐘頭嘛。』

「眞的嗎？可是我可都沒忘記喔。」

『邦雲，你心情不好嗎？』

「不會，眞的。」我說。

連透過電話，這麼遠的距離，彥伶都可以聽出聲音的顏色。

『你今天的顏色好複雜。』

「是嗎？妳聽出來我是什麼顏色？」

『是夏天池塘邊的顏色喔。』

「那是什麼顏色呢？」

『就是夏天的顏色啊，呵呵。』

我不是很懂，我也習慣了不懂。我知道懂得越多，就越懂得寂寞。而我就是如此懦弱，逃避著寂寞。

『偷偷跟你說好了。』

「嗯？」

『提早了兩個小時，那就可以保證，』她有點緊張似的，

『我眞的是第一個跟你說，跟你說……』

生日快樂嗎？我問她。

『嗯。』

「妳什麼時候回台灣呢？」

『我？你是第一次這麼問我咧。』

「是啊。」

『十一月底吧，怎麼？』

「我買了兩張車票，自強號。」

『去哪裡的車票？』

我也不知道。重點是，我也不想知道。因為，我身邊的座位，應該是空下來的吧。我猜。

「妳那邊幾點了，彥伶？」

電小說　3

你那邊，幾點？

作　　　者	敷米漿
攝　　　影	吳懋鋐、林怡君
責 任 編 輯	林怡君
美 術 設 計	江孟達
副 總 編 輯	林秀梅
總 經 理	陳蕙慧
發 行 人	凃玉雲
出　　　版	麥田出版

城邦文化事業股份有限公司

100台北市中正區信義路二段213號11樓

電話：(886)2-23560933　傳眞：(886)2-23516320; 23519179

發　　　行　英屬蓋曼群島商家庭傳媒股份有限公司城邦分公司

104台北市中山區民生東路二段141號2樓

網址：www.cite.com.tw

客服服務專線：(886)2-25007718；25007719

24小時傳眞專線：(886)2-25001990；25001991

服務時間：週一至週五上午09:00~12:00；下午13:00~17:00

劃撥帳號：19863813；戶名：書虫股份有限公司

讀者服務信箱：service@readingclub.com.tw

麥田部落格：http://blog.pixnet.net/ryefield

香港發行所　城邦（香港）出版集團有限公司

香港灣仔軒尼詩道235號3樓

電話：(852)25086231或25086217　傳眞：(852)25789337

馬新發行所　城邦（馬新）出版集團有限公司

Cite(M) Sdn. Bhd.(458372U)

11,Jalan 30D/146, Desa Tasik, Sungai Besi,

57000 Kuala Lumpur, Malaysia.

電話：603-90563833 傳眞：603-90562833

E-mail:citekl@cite.com.tw

印　　　刷	鴻友印前數位整合股份有限公司
初 版 一 刷	2008年9月16日
初 版 十 刷	2010年5月18日
售　　　價	260元

ISBN：978-986-173-424-8

國家圖書館出版品預行編目資料

你那邊，幾點？／敷米漿著. -- 初版.
-- 臺北市：麥田，城邦文化出版：
家庭傳媒城邦分公司發行, 2008.09
　面；　公分. --（電小說；3）

ISBN 978-986-173-424-8（平裝）

857.7　　　97015955

城邦讀書花園
www.cite.com.tw
書店網址：www.cite.com.tw